5, rue des Aubépines

***

E. Boutevillain-Weisrock

SUZY SUZETTE

Roman

Éditeur : BoD-Books on Demand
12-14 rond-point des Champs-Élysées, 75008 Paris
Impression : Books on Demand, Norderstedt, Allemagne

ISBN : 9 782322 270699
Dépôt légal : Décembre 2020

J'ai ce réconfort en mon cruel martyre

Que j'écris toute nuit ce que je n'ose dire,

Et, quand l'encre me faut, je me sers de mes pleurs.

Philippe Desportes, *Amours d'Hyppolyte, II*

Déjà parus

Les Contes de Zattise Zeqwestchen. Illustrations Alain Catherin.

Les Contes de Zattise Zeqwestchen, L'inquisiteur, tome 2. Illustrations Alain Catherin.

Nouvelles 2018.

5, rue des Aubépines. Tome 1, Paule.

5, rue des Aubépines. Tome 2, Suzanne.

2018

Juin.

– Voilà, c'est installé !

Justin admirait son bel échafaudage posé sous le pommier que Paule avait entrepris de tailler.

– Maintenant, tu peux élaguer en toute sécurité.

– Merci, Justin.

– De rien, gamine. Tu manges avec nous ?

– Non, je me suis amené un sandwich.

– D'accord. Alors, sois prudente.

Justin embrassa Paule et commença à partir quand il se retourna soudainement.

– Dis donc, j'y pense, comment tu le trouves Raymond en ce moment ?

– Je...

– *Alors là, c'est pas à la bonne personne que vous vous adressez, intervint Auguste, parce que nous, Tonton Raymond, ça fait un bail qu'on ne l'a pas vu, hein ?*

Paule prit une moue gênée.

– Ça fait un moment que je ne l'ai pas vu. Pourquoi ?

– Il vient de s'acheter une péniche et voilà qu'il parle de s'en aller. C'est vrai qu'il a toujours eu la bougeotte, mais je pensais vraiment qu'il allait enfin rester. C'est qu'il n'est plus tout jeune.

– *En même temps*, continua Auguste, *quand on est apprécié à ce point...*

Il laissa sa phrase en suspens. Paule attendit que Justin ait quitté le verger pour répliquer.

– Ce qui sous-entend ?

– *Mais rien ma chère, rien. Sauf qu'à force de voir sa nièce préférée lui refuser ne serait-ce qu'un dîner sous des prétextes pourris, y'a pas de quoi avoir envie de rester.*

– Vous avez entendu Justin ! Oncle Raymond ne tient pas en place.

– *Mais oui, mais oui. À 73 ans, quoi de plus normal que de vouloir faire le tour du monde qu'on a déjà fait des milliers de fois. Logique.*

Paule attrapa son sécateur, escalada l'échafaudage et attendit les instructions de Simonetta, mettant ainsi fin à la discussion.

– *Auguste a raison*, finit par dire celle-ci quand elle sentit que Paule était un peu calmée.

– Simonetta...

– *Paule, écoute-moi. Tu ne peux pas rejeter Raymond...*

– On en a parlé maintes fois, la coupa-t-elle.

– *Non ma chère,* insista Auguste, *vous avez soliloqué. Vous êtes aussi sourde que Beethoven sauf que lui, au moins, il a écrit de belles symphonies.*

– Mais...

– *Arrêtez tous les deux!* leur ordonna Simonetta. *Je comprends, Paulina, que ce soit dur, mais Suzanne n'est plus. Laisse-moi finir! Suzanne a élevé Raymond avec André. Ils lui ont inculqué des valeurs et il est ton parrain. Crois-tu que Suzanne l'aurait laissé être ton parrain s'il n'en avait pas l'étoffe?*

– *Laissez tomber, Simonetta. Elle est sourde et aveugle.*

Simonetta, voyant Paule se murer dans le silence, soupira et reprit ses indications. On entendit plus que le bruit du sécateur.

– C'est pas ma faute!

– *Si!*

– *Auguste!* tempéra Simonetta.

– *Si, c'est sa faute. À vivre dans le passé, on oublie sa vie. Vous n'avez pas le droit de rejeter Raymond. Il n'a pas violé votre grand-mère, merde!*

Simonetta attendit, inquiète, la réaction de Paule.

– *Oui, parce que c'est ça le problème. Vous mélangez tout. Vous le rendez responsable de quelque chose dont il est lui-même victime! C'est comme si je vous disais que vous êtes responsable de la mort de votre fille!*

Paule vacilla. Hébétée, elle s'assit sur l'échafaudage. L'accusation d'Auguste résonnait dans sa tête. Après un temps, elle se redressa. Devant son visage défait, Auguste ne savait plus quoi dire.

– Oui, non, je suis peut-être allé trop loin, s'excusa-t-il.

Il s'interrompit quand il vit les larmes, quand il vit Paule s'effondrer et pleurer abondamment. Elle pleurait sur tout. Sa fille, sa grand-mère, son ingratitude, son injustice. Cela dura longtemps sans que qui que ce soit n'émette une parole. Puis les sanglots s'arrêtèrent. Elle se moucha peu élégamment et resta silencieuse. Quand le calme intérieur fut revenu, elle reconnut son erreur. Elle essaya de comprendre ce qui l'avait amenée à refuser de revoir son oncle, mais elle ne trouva pas. Elle reprit son sécateur et se mit de nouveau au travail, toujours en silence. À la fin de la matinée, une idée, qui avait pris le temps de faire son chemin, surgit et Auguste et Simonetta eurent la surprise de la voir prendre sa voiture et partir pour Saint-Jean-de-Losne où elle s'arrêta chez un traiteur. Munie d'un repas tout préparé, elle se présenta de façon inattendue chez son oncle. Lequel fut tellement surpris qu'il ne sut quoi dire.

– Pardon.

C'est tout ce qu'elle trouva à dire, mais c'était suffisant. Le visage du vieil homme s'éclaira ; il ne chercha pas à savoir, ne posa aucune question, il lui tendit juste la main pour l'aider à monter. Sa petite était là, les bras chargés ; elle était venue pour lui, vers lui, et ça valait bien tous les silences. Avant de s'installer à table, il lui fit visiter son antre.

– J'ai apporté le repas, mais tu as peut-être déjà mangé, dit-elle quand elle entendit 13 heures sonner.

– Oui, mais ça ne m'empêchera pas de prendre un café pendant que, toi, tu mangeras.

Il installa la table et laissa Paule entamer son repas.

– Tu veux goûter ?

– Non, merci gamine. Ton amoureux m'a mis au régime ! Oui, parce qu'il paraît qu'il faut que je fasse attention à moi, ajouta-t-il voyant l'étonnement sur le visage de sa nièce.

– Et ça veut dire quoi être au régime ?

– Ça veut dire une friture par mois ! Charcuterie, fromage, en petites portions et pas tous les jours ! Si je crève, ce sera de faim !

– Et tu l'écoutes ?

– *Vous m'enlevez les mots de la bouche.*

– Il faut reconnaître que j'ai pas mal abusé dans ma vie et apparemment les compteurs sont à l'orange. Alors, je suis allé voir ton amoureux pour qu'il m'explique les résultats de mes examens. Et du coup, il m'a dit de réduire. C'est pas facile, moi je te le dis. Veux-tu bien finir ton assiette, rouspéta-t-il la voyant arrêter de manger sa salade de cervelas. Je me suis enfilé deux assiettes de pâtes ! Je suis calé. Par contre, si tu avais un gâteau, j'en mangerais bien !

Paule sourit et sortit les deux figues, seules rescapées de la pâtisserie.

– Alors là, c'est fabuleux !

Raymond donna un grand coup de cuillère dans sa figue et savoura le contenu avec ostentation.

– Je suis content que tu sois venue.

Il lui sourit avec affection.

– J'avais peur que tu sois fâchée.

Devant son air gêné, il enchaîna :

– Je suis un vieux machin qui dit tout haut ce qu'il pense, sans jamais imaginer qu'il pourrait blesser. Je vis seul depuis tellement longtemps, que j'ai fini par oublier comment vivre avec les autres.

– Tonton...

– Non, mais ne t'inquiète pas. Si tu es là, c'est que tu n'es pas fâchée. C'est tout ce qui compte. Et ton travail ?

– Ça va. La routine. Justin m'a dit que tu voulais partir ? osa-t-elle timidement.

Il baissa les yeux.

– Je crois que c'est mieux.

Elle suspendit son geste.

– Tu comprends, je ne me suis jamais senti à ma place dans le Jura ; je ne sais pas ce que j'espérais en revenant.

– Revenir vers nous, répondit-elle calmement. Revenir vers tes amis.

– Oui, peut-être. Mais au départ, mes amis sont ceux d'Antoinette. On a sept ans d'écart, c'est pas rien. On est devenus amis sur le tard, tu sais. Quand je suis revenu de mon premier voyage en fait. Mais c'est vrai qu'on s'entend très bien.

– Voilà, c'est pour cela que tu es revenu.

– Je ne sais pas.

– Oncle Raymond, tu as déjà fait mille fois le tour du monde ! Si tu changeais en faisant le tour du Jura ?

– C'est petit. Je vais avoir vite fait le tour.

– Ben, tu feras la Bresse.

– Je vois. Et après la Comté, la Bourgogne, l'Alsace…

– Voilà !

Il sourit à sa nièce.

– Ça ne va pas ? Tu es toute pâle.

– Je crois que j'ai trop mangé.

– Tu plaisantes ! Tu n'as rien avalé.

– *Le mal de mer ! Vous avez le mal de mer*, s'extasia Auguste qui venait de comprendre.

– Mais non.

– Mais non quoi ?

– Je me pensais que j'avais peut-être le mal de mer.

– Gamine ! C'est une péniche !

– Oui, je sais, ça ne peut pas être ça.

– *Y'a qu'un moyen pour le savoir, c'est d'aller sur le quai*, suggéra Auguste.

– Gamine, y'a qu'un moyen pour le savoir : descends sur le quai. Alors ? Ça va mieux ?

– Je crois que oui.

– Sans blague ! Tu as le mal de mer ! Ma nièce, la chair de ma chair a le mal de mer sur une péniche à quai.

Raymond parlait si fort que Paule fut persuadée que tout Saint-Jean-de-Losne venait de l'apprendre.

– Non, mais toi ! Le mal de mer ! Écoute, je prends ton dessert et tes affaires et on va finir de déjeuner chez toi, ça te dit ?

– Très bonne idée.

Elle se dirigea vers sa 403 et attendit son oncle.

– Vas-y, je te suis.

– Je ne t'emmène pas ?

Il se mit à rire.

– Dis donc, tu as vu mon gabarit et celui de ta voiture ?

– Ernest rentre dedans !

– Ernest est un fil de fer. Si tu veux que je rentre, il faudra ôter le toit et les sièges.

– *Et encore, la tête dépasserait*, ajouta Auguste.

Paule reconnut que les deux mètres zéro trois posaient un problème de taille et servit de guide à son oncle jusqu'aux Hays. Là, il découvrit le verger, Paule lui ayant expliqué que la maison n'était pas encore visitable.

– Darko et Goran travaillent dedans toute la semaine et c'est plutôt le chaos.

– Ils refont tout ?

– Oui. Ils ont cassé les cloisons et en ce moment, ils font l'électricité avec Francis. Après, Justin leur apprendra la menuiserie. Parce qu'ils voudraient créer leur propre entreprise.

Raymond siffla d'admiration.

– Ce sont des bosseurs, ces gars-là. C'est une bonne idée qu'ils ont eue.

– Oui, nous sommes nombreux en ville à avoir besoin de menus travaux et parfois les artisans sont débordés.

– Donc, ils s'entraînent sur ta maison.

– Ouiche.

– Tu n'as peur de rien ! s'amusa-t-il.

– Ils ont envie d'une reconversion, j'ai besoin de refaire cette maison, tout le monde est gagnant.

Il regarda sa nièce avec beaucoup d'affection.

– J'ai dit un truc drôle ?

– Non. J'aime bien ta façon de penser. Bon, assieds-toi et mange ton dessert.

Elle s'assit sur l'échafaudage et mordit à pleines dents dans sa figue.

– Tu sais tailler les arbres, toi ?

– J'ai vu un tuto, répondit-elle la bouche pleine. Une vidéo, précisa-t-elle voyant que le vieil homme ne comprenait pas de quoi elle parlait.

– Et cela aide ?

– Oui.

– *Une vidéo ! Incroyable ! Vous entendez ça, Simonetta ? Vous êtes une vidéo.*

– N'empêche que cela me semble bien taillé, commenta oncle Raymond, observant la coupe du poirier et celle du pommier. Tu te débrouilles bien. Tu as besoin d'aide ?

Elle avala sa dernière bouchée.

– *Oui, oui*, intervint Simonetta enthousiaste. *Il peut tailler le cerisier, il est assez grand !*

– Le cerisier peut-être ?

– Ça marche, fit-il en regardant l'arbre. Tu as du matériel ?

– *Oui, oui,* continua Simonetta en battant des mains. *J'ai un coupe-branche dans le cagibi.*

Oncle Raymond resta sans bouger devant la porte du hangar.

– Dis donc gamine, tu me fais une blague ?

– Non, pourquoi ?

– Ah ben, quand même…

Paule, intriguée, rejoignit son oncle.

– Ah oui, quand même.

– Tu n'avais pas vu ?

– Non. J'ai piqué un sécateur et un coupe-branche à Justin.

– Bon, ben, je vais sortir le contenu jusqu'à ce que je trouve, hein ?

– Ça t'embête ? Je peux te laisser tailler pendant que je vide le hangar.

– Non, non. Te connaissant, tu vas te blesser.

Il embrassa sa nièce sur le front.

– *Ça se trouve, il va trouver le Graal,* s'amusa Auguste.

– Ça se trouve.

– Quoi ?

– Je disais, ça se trouve tu vas trouver le Graal.

– Bah vu le bordel là-dedans, c'est bien possible.

– *Eh ! Ce n'est pas le bordel là-dedans !* s'insurgea Simonetta. *Ah si, quand même*, reconnut-elle en jetant un œil à l'intérieur du hangar. *Oui, ben, c'était comme ça quand je suis arrivée.*

– Bon allez, va tailler, je vais… je vais… je sais pas quoi, mais je vais le faire !

La maison des Hays s'assoupit au rythme du bruit du sécateur et des jurons d'oncle Raymond à chaque fois qu'il découvrait un objet dans le cagibi.

– Non, mais, c'est quoi ça ?

Paule jeta un œil.

– Aucune idée.

– Bon, je vais le mettre là.

– Tu fais des tas ?

– Ouaip. Un tas : tout pourri ; un tas : à réparer ; un tas : on sait pas ce que c'est. J'espère faire un tas : bon état.

– *Rho*, faisait Simonetta faussement outrée.

– Tu sais, c'est vieux ce qu'il y a là-dedans. C'était là avant grand-mère.

– Sans blague ?

– Sans blague.

– Bon, je continue alors. Ton coupe-branche doit bien être quelque part.

Ils reprirent leur labeur sans faire attention à l'heure. Ce fut Abe qui leur rappela, par son arrivée, que le temps passait.

– Oncle Raymond, quel plaisir !

– Salut doc ! Moi aussi !

– Paule vous a finalement embauché ?

– Ah ça ! L'exploitation du vieux n'a pas de fin !

Abe alla embrasser Paule.

– Vous sentez bon le bois.

– Je ne sais pas si c'est un compliment.

– Vous avez fini pour aujourd'hui, lui annonça-t-il.

– Ah oui ?

– Oui. Je vous invite à dîner tous les deux chez moi ! J'ai également invité Justin et Marie Simone.

– Mais…

– Mais quoi ? Il est 18 heures.

–18 ? le coupa-t-elle.

– Oui, Madame. Et c'est l'heure de l'apéro.

– Ah gamin, voilà un discours qui me plaît. Même si par ta faute, je suis au régime…

– Oncle Raymond ! C'est pour votre bien. Bon, je vous aide à ranger et on y va. Euh, c'est quoi ça ?

– La caverne d'Ali Baba de Paule.

– C'est normal les tas ?

– Oui, je classe.

– Eh ben, vous n'avez pas fini.

– Ah, ça. Gamine ? On peut se laver les mains chez toi ?

– Dans le tonneau dehors.

Raymond siffla.

– Joli !

– Oui, hein ? Une idée de Goran pour récupérer l'eau de pluie.

Oncle Raymond admira l'installation de fortune, certes, mais bien agencée.

– Tu vas pouvoir en mettre au moins deux autres à côté.

– Oui, mais je me demande si je ne pourrais pas aussi installer des toilettes sèches.

Le parrain regarda sa fille.

– Tu déconnes là ?

Même Abe resta muet de stupéfaction.

– Bah non.

– Bordel ! Paule ! On est plus en 14 !

– Et alors ? Grand-mère Élisabeth en avait !

– Non, mais... docteur, raisonnez-la.

– Ben...

– D'accord. Vous êtes utile, là. Bon, allez, à l'apéro avant qu'elle ne me coupe l'appétit.

Abe emmena Paule dans sa voiture, tandis que Raymond prenait la sienne. L'apéritif dînatoire fut très apprécié de tous les convives et chacun passa une excellente soirée animée par les récits de guerre associés aux récits de voyage de Raymond et par l'idée saugrenue de Paule de construire des toilettes sèches.

– Remarque, tu auras de l'engrais, avait fait remarquer Justin.

– Ah !

– C'est cela et qui va vider la caisse ? Parce que c'est facile à remplir, mais après faut vider.

– Ben, Ernest et toi !

– Non, mais... et le doc ?

– Tu as vu son gabarit ?

– Eh, Madame Maréchale de Saint-Jean, veuillez respecter mon poids plume !

– Ah, ça, toi, dans les combats de boxe en Indo, t'aurais pas tenu dix secondes.

Raymond raconta alors à son auditoire ébahi, les combats illégaux auxquels il avait participé.

– *Oncle Raymond est dingue*, en avait conclu Auguste.

– *D'une certaine façon, Paule est comme lui*, compléta Simonetta.

– *La carrure en moins.*

Paule, qui les avait entendus, leur fit les gros yeux.

Le lendemain, tôt, Raymond et Paule avaient repris l'un son tri, l'autre sa taille.

– Sans déconner ! C'est franchement le foutoir là-dedans ! s'exclama-t-il tenant un tuyau rouillé dans une main et un tuyau en plastique dans l'autre.

– Ah ! cria-t-il soudain pensant avoir trouvé.

– Tu as trouvé ?

– Non. Mais j'ai une faux.

Il prit l'outil en main et commença à faucher autour de lui, là où l'herbe était encore un peu haute.

– Ah oui, forcément.

– Quoi ?

– Ça coupe comme mes genoux.

Sa nièce leva les yeux et sourit.

– Tu ne t'attendais tout de même pas à trouver du matériel neuf.

– Non, mais un minimum aurait été salutaire. Ben…

– *Paule, il s'approche…*

Simonetta ne termina pas sa phrase.

– Gamine ?

– Oui ?

– C'est une tombe ?

– Oui. Deux, même.

– Deux ?

– Oui. Les anciens propriétaires.

Raymond observa les sépultures.

– Tu les gardes ?

– Oui.

– C'est bien, finit-il par dire en retournant au cagibi.

– *Il est incorrigible* ! admira Auguste. *Pas une seule question sur la présence de deux tombes. Admirable.*

– Oncle Raymond a visité le monde temps de fois que rien ne peut l'étonner.

– Ça y est ! J'ai trouvé le coupe-branche ! La vache, il était bien planqué. Je vais t'aider et après je reprendrai le tri parce que, franchement, c'est du grand n'importe quoi.

Concentrés, ils élaguèrent cerisier, poirier, pommier et prunier.

– Tu crois que c'est une bonne idée de tailler maintenant ?

– Je sais pas, mais les arbres ne l'ont pas été depuis 1945.

Raymond arrêta net son geste.

– Sans blague ?

– Sans blague.

– Alors oui, là, il y a urgence. Ça ne peut leur faire que du bien.

Peu avant midi, Raymond avait fini sa mission d'élagage et retournait à sa mission de tri.

– Pause déjeuner, gamine ?

–Yes !

Elle se dirigea vers la glacière préparée le matin même.

– On attend le doc ?

– Apparemment non, lut-t-elle sur son portable, une de ses patientes a ressenti les premières douleurs.

– ?

– Accouchement.

– Oh. Et elle peut pas aller à l'hôpital ?

– Il semble qu'elle veuille accoucher chez elle.

– Super. Heureusement qu'on est au XXIe siècle ! Enfin, on n'est pas prêt de le voir arriver.

– Sauf si c'est du service rapide.

Il sourit, amusé

– Noémie est arrivée en moins d'une heure.

– Tu sais, j'y connais pas grand-chose...

– C'est du service rapide. Certaines femmes sont délivrées au bout de 12 heures. Si ce n'est plus.

– Ah oui, quand même. Je regrette de ne pas l'avoir beaucoup connue.

– Tu as connu ce qu'il y avait à connaître, le tranquillisa-t-elle comprenant de qui il parlait. Une enfant, puis une adolescente adorable. Sage et studieuse. Parfois rêveuse.

– Elle te manque, hein ?

– Terriblement. À des moments plus que d'autres.

– Tu es forte. Tu es une Maréchale !

– Je suis surtout très entourée. Surmonter cela seule est quasi impossible. À moins de ne pas avoir aimé son enfant. Ce qui relève tout de même de l'impensable.

– Tu sais, reprit Raymond après un instant de silence, je pense que maman ne m'a jamais aimé.

Paule s'arrêta de mâcher ses carottes. Il surprit son regard et ajouta précipitamment :

– T'inquiète, je sais.

Elle déglutit péniblement.

– C'était pas facile pour elle. Avoir un gosse à 16 ans. Papa m'avait dit au moment où je partais dans la marine marchande de bien faire attention et de ne pas engrosser une fille. « J'aurais dû faire attention, tu sais. Ta mère était trop jeune pour être mère. Mais voilà, je revenais d'un camp de prisonniers, j'aimais ta mère et tu es né. » qu'il m'a dit. J'ai compris quand je suis arrivé en Afrique où j'ai vu une gamine de 15 ans déjà mère. Trop jeune. Mais je comprends. Je ne lui en veux pas. Elle m'a élevé, nourri, éduqué. Elle a pris soin de moi. Je n'ai pas trouvé ma place ici, alors je suis parti. Je crois que maman aurait fait pareil si elle n'avait pas été mère.

Paule regardait intensément son oncle.

– Faut pas que tu te méprennes, Paulinette, ta grand-mère était une femme bien. Très bien même. Mais elle était beaucoup trop jeune, c'est tout.

Un silence s'installa entre eux que personne ne voulut rompre parce qu'il était porteur d'une réelle intimité.

– C'est bien que la Générale ait acheté cette maison pour toi.

– Je crois surtout qu'elle aurait voulu l'offrir à grand-mère.

– Ah ? fit-il, étonné.

Elle indiqua le fond du jardin.

– Simonetta était son amie.

– Sim…, la propriétaire ?

Elle acquiesça.

– Du coup, elle est pour toi. C'est bien. Je ne sais pas si maman aurait quitté sa maison. Quoique, poursuivit-il, mais il n'alla pas au bout de son idée.

– Quoique ?

– Cela lui aurait évité de rencontrer le maire, expliqua-t-il le regard perdu. Quel connard celui-là !

Paule se crispa.

– C'est le père de la Générale et je sais que tu l'aimes bien, elle, mais c'est, lui, un fieffé connard, crois moi. Jamais pu le blairer. Je sais que maman le craignait et pis, il avait une façon de me toucher les cheveux. Je détestais ça. C'est lui qui a dit que je ne ressemblais pas à mon père. Quel connard ! Du coup, ça m'a tracassé et j'en ai parlé à papa. Qui m'a filé une torgnole ! Mon vieux, je crois que ma tête a fait un tour complet ! Et c'est là qu'il m'a raconté comme quoi c'était sa faute, que maman était trop jeune, etc. Mais quand même, quel con !

Il se tut puis reprit.

– Un jour, il a dit un truc qui a fait pleurer maman. Du coup, tu sais ce que j'ai fait ? Tu le gardes pour toi hein ? Ne va pas raconter ça à la Générale ni à ta mère, elle va encore m'engueuler. Et ben, voilà. Je n'aime pas les épinards. Enfin, ce n'est pas que je n'aime pas, ce sont mes intestins qui n'aiment pas. Je me précipite aux toilettes tout de suite après. Alors, un dimanche, qu'on allait chez grand-mère Élisabeth, dont la spécialité était les épinards, j'en ai profité.

Auguste, Simonetta et Paule ne voyaient pas bien où voulait les emmener oncle Raymond.

– J'en ai mangé trois assiettes ! Qu'est-ce qu'elle était contente. D'habitude, une assiette me suffisait et une fois sorti de table, je courais aux cabinets. Et ben là, je me suis retenu jusqu'au soir. Crois moi, ma puce, quand tu as une envie pressante et que tu dois te retenir, c'est l'enfer. Purée ! Ce que j'ai eu mal au ventre !

Il voyait bien que sa nièce ne comprenait pas grand-chose aussi continua-t-il son récit.

– Le maire avait pour habitude de laisser ses chaussures dehors. Des espèces de bottes de cavalier, histoire de montrer qu'il appartenait au haut du panier. Bref. J'ai attendu qu'il les laisse dehors, je me suis glissé hors de la maison et…

Il se leva et proclama d'un ton théâtral :

– Je lui ai chié dans les bottes !

– *Nom de Dieu* ! jura Auguste.

– Tu n'as pas fait ça ? articula Paule après quelques minutes.

– Si ! Et attention, j'ai bien visé ! Il n'y avait pas une trace au sol, pas une seule goutte en dehors des bottes. Et pourtant, j'avais une sacrée envie !

– Tu veux dire que…

– Il a mis les pieds dedans !

Raymond éclata d'un rire sonore à ce souvenir tandis que sa nièce et ses interlocuteurs invisibles restaient muets de stupéfaction.

– *Il a pas fait ça, hein ? Il a pas fait ça ?*

– *Faut croire que si.*

– *Il a…*

Son parrain riait tellement qu'il faillit tomber de la chaise sur laquelle il venait de se rasseoir.

– *Il lui a fait dans les bottes* ! s'émerveilla Auguste. *Vous avez fait caca sur sa tombe et lui dans ses bottes !*

– Titine et Jojo ont laissé un souvenir sur sa tombe, rectifia Paule dans un murmure.

Quand l'image s'imprima dans l'esprit de Paule et dans celui d'Auguste, ils partirent d'un rire qui ne put s'arrêter avant un très long moment. Seule, Simonetta restait abasourdie.

– Qu'a-t-il fait après ? demanda Paule s'essuyant les yeux.

– Il a gueulé après le chien !

Il repartit dans un autre fou rire. Paule faillit lui dire « moi, c'est Titine qui a déféqué sur sa tombe », mais elle se retint à temps.

– Grand-mère l'a su ?

– Non. Papa a dû s'en douter. Faut dire que j'arborais une tête de vainqueur le lendemain, alors...

– Et il ne t'a pas disputé ?

– Non, il a retenu un sourire quand il l'a appris. De toute façon, il n'aimait pas le maire non plus.

Le repas se termina au milieu des rires qui reprenaient puis s'arrêtaient puis reprenaient. Paule déplaça avec l'aide de son oncle l'échafaudage pour attaquer les pruniers tandis que Raymond retournait au cagibi.

– Non, mais quel chantier ! répéta-t-il plusieurs fois.

Sur la fin de l'après-midi apparut le médecin avec une tête bien fatiguée. Il se posa sur un transat que Paule laissait en permanence et s'endormit.

– Eh ben, c'est dur la vie comme on dit, se moqua Raymond un râteau à foin à la main.

– Tu t'en sors ?

– Je n'ai même pas fait la moitié du hangar !

– Bah qu'est-ce que tu fais ? s'amusa Paule.

– Comment ça, qu'est-ce que je fais ? Je trie, figure-toi ! Je sors des trucs de ton machin, je ne sais même pas ce que c'est ! Franchement, je me demande ce que faisait le mari de ta Simonetta !

– Hans Matthias.

– Quoi ?

– Hans Matthias, répéta-t-elle.

– Euh ?

– Le mari de Simonetta s'appelait Hans Matthias.

Raymond resta un instant silencieux.

– Un boche ?

– Rho ! Oncle Raymond !

– Ouais, un boche donc. Pour un Allemand, il aurait pu ranger, je trouve.

Et il retourna à l'intérieur du hangar pour en sortir un reste de brouette, une roue de tracteur, des clous rouillés, des morceaux de bois, une caisse à outils et…

– Oh purée ! Paule, cria oncle Raymond réveillant le médecin. Oh, pardon, doc, je ne voulais pas, mais… c'est parce que, j'ai trouvé ça !

– Mmmmmm, fit Abe encore endormi. On dirait une pelle.

– C'est une pelle !

– Fantastique, ironisa le médecin les yeux à moitié ouverts.

– Dis donc gamin, là, j'ai un râteau sans manche ; là, j'ai des manches sans embouts ; là, j'ai un râteau à foin avec des dents en moins ; un marteau qui perd son manche ; une faux qui ne coupe pas, donc oui, je m'extasie devant cette pelle en parfait état.

– *Le coupe-branche aussi était en parfait état !*

– Oui, c'est vrai, confirma Paule, Simonetta a… je veux dire, le coupe-branche est en bon état !

– Et ben, ça fait deux sur le tout !

Le médecin sourit en regardant les tas.

– Ça se trouve, vous allez trouver un trésor.

– Sache, gamin, que tout est un trésor pour peu qu'on le décide.

Et oncle Raymond partit dans le récit de sa rencontre avec les Aborigènes d'Australie. Morgenstern s'assit et l'écouta religieusement tandis que Paule poursuivait son élagage ayant entendu maintes fois cette histoire.

– Je suis désolé, oncle Raymond, mais on va devoir arrêter. Il se fait tard et je dois rentrer.

– D'accord, gamine. Je vais t'aider à ranger l'échafaudage.

La compagnie se quitta, du moins en partie, Raymond ayant invité le docteur à manger « frugalement ». Paule les laissa entre hommes et rentra dans ses pénates, le cœur léger, suivie de ses deux nouveaux colocataires, Auguste ayant proposé à Simonetta de lui faire visiter l'antre de leur hôte. Émeraude attendait avec impatience sa maîtresse, non pour son repas, mais pour sa dose de tendresse. L'animal accompagnait parfois Paule dans le Jura et parfois non. En revanche, à son retour, elle exigeait son attention complète. Elles s'installèrent donc sur le canapé et entreprirent de se raconter leur journée.

– *Oui, donc, elle parle au chat*, commenta Auguste.

– Ne l'écoute pas Émeraude, il est jaloux.

– *Mais oui, mais oui.*

Simonetta visita pour la première fois l'appartement. Elle le fit avec timidité, admira l'agencement et comme tous, le piano. Comme tous, elle posa la question de savoir si Paule en jouait.

– *Allez, venez, je vais vous présenter les autres habitants.*

La semaine s'écoula chargée, mais paisible. Les rendez-vous succédaient aux réunions ponctuées d'appels et de dossiers à analyser. Elle en profita pour prévenir tardivement oncle Raymond qu'elle n'irait pas dans le Jura la fin de semaine, son frère Xavier débarquant pour la Pentecôte.

– T'inquiète, ma puce, je ne suis pas pressé de trier ton hangar, j'ai des courbatures partout. Et puis, Justin et moi, on va emmener le docteur pêcher. Faut tout de même qu'on pense à faire son éducation à ce gamin. Sans compter qu'il a une tête de déterré avec les heures qu'il enchaîne. Les pieds dans le Doubs, c'est ce qu'il lui faut. On t'enverra même des photos !

Le repas familial se déroula sans anicroche au grand soulagement de Pierre qui ressentait toujours des aigreurs d'estomac lors de la venue de sa bru. Il avait gardé en mémoire, comme tous en fait, sa dernière réflexion et angoissait toujours à l'idée qu'elle ne réveille les souffrances de Paule. Pour une fois, ce ne fut pas elle. Au moment du dessert, le petit Rodolphe vint se poser sur les genoux de sa tante et s'y endormit. Machinalement, elle serra un peu plus ce petit corps quand elle le sentit assoupi. Était-ce la chaleur corporelle de ce petit être ? Le réveil de sensations passées ? Quoiqu'il en soit, quelque chose remonta du tréfonds de Paule. Quelque chose de violent. Tellement violent qu'il la submergea. Cela commença par des pleurs, simples, doux, puis ce furent de légers hoquets et enfin un torrent de larmes. Clarisse, assise en face d'elle, fut la première à constater l'altération de ses traits, son regard hagard et les larmes. Discrètement, elle donna un coup de pied à Julien qui se tourna alors vers sa sœur et qui, dans un réflexe qui le surprit lui-même, lui prit doucement des bras le petit Rodolphe. Paule sortit dans la cour et se précipita dans sa voiture. Très inquiet, Pierre se leva et vit les hoquets secouer les épaules de sa fille.

– Cette fois-ci, c'est trop.

De colère, il se dirigea vers son téléphone, sortit le carnet de correspondance et appela Bastien. Il n'eut pas besoin de s'étendre.

– Paule va mal, elle est chez nous.

Fut la seule phrase qu'il prononça. Bastien débarqua dans la demi-heure et quand il vit son ex-femme criant sa douleur dans sa voiture, il ne posa pas de questions, il ouvrit la portière conducteur et prit le volant. À l'intérieur de la maison, tout le monde s'était tu.

– Qu'est-ce qu'elle a tante Paule, demanda silencieusement Jacques.

Ce fut Clarisse qui lui répondit.

– Noémie lui manque terriblement.

– C'est notre faute, répondit le petit garçon.

– Non, non, lui fit son père. Tu sais, maman et moi, on agirait comme elle. C'est dur de perdre un enfant, surtout de cette façon. On ne comprend pas, on est anéanti. C'est tout un monde qui s'est effondré pour ta tata. Elle n'avait que Noémie comme enfant et elle a tout perdu.

C'était dit d'une voix si triste que Cléo vint se blottir dans les bras de son père.

– On ne l'a pas beaucoup aidée non plus, marmonna Julien.

– Vous ne pouviez pas, fit doucement Clarisse. C'est une douleur qui dépasse l'entendement. Personne ne peut trouver les mots qu'il faut. Il faut du temps pour apaiser et je pense que Paule a besoin de ce temps.

– On est une famille et on ne peut rien, cracha Julien jetant sa serviette sur la table en se levant.

– On ne peut rien faire, intervint Pierre. C'est à Bastien de faire. Il aurait dû être là, il y a douze ans au lieu de se sauver. Peut-être que Paule aurait moins souffert.

– Il avait sa propre souffrance, tempéra Antoinette.

– Ah oui ? Et alors ? Paule a tout encaissé seule ! Sans un mot. Quelques larmes, mais elle a tout fait seule.

– Il y avait Ernest.

– Oui. Heureusement qu'il était là. J'ai toujours pensé qu'ils étaient faits pour se rencontrer.

Un sourire nostalgique adoucit les traits de Pierre.

– Pourquoi as-tu appelé Bastien ? interrogea Xavier.

– Pour qu'il se comporte en homme ! On ne laisse pas sa femme seule avec un chagrin pareil !

– Espérons qu'il saura quoi faire, murmura Antoinette.

Auguste, quant à lui, grommelait « mais qu'est-ce qu'on fout dans les bois de Cîteaux. » Bastien, une fois garé dans une allée, ouvrit la portière de Paule qui n'avait pas dit un mot de tout le trajet. Levant les yeux, elle le découvrit et se précipita dans les bras qu'il venait d'écarter. Pour la première fois depuis douze ans, Bastien se comporta en homme ; pour la première fois depuis douze ans, il redevint le père de Noémie. Pour la première fois depuis douze ans, il serra fort la mère de sa fille, la femme qu'il avait épousée et avec laquelle il avait vécu de belles années. Pour la première fois, il était là, solide, les larmes inondant ses joues, mais puissant, le corps tendu pour supporter les soubresauts de celui de Paule. À ses larmes répondaient les gémissements de son ex-femme, une plainte sourde au départ devenant aiguë. Un cri de douleur né dans les tripes et qui grandissait au fur et à mesure qu'il trouvait enfin la sortie. Ils étaient seuls, enlacés et hurlaient leur détresse. Auguste et Simonetta viraient de droite à gauche, embarrassés et se sentant inutiles. Ils furent rejoints par Suzy Suzette.

– *Bah, merde, je vous cherchais…*

Elle arrêta sa phrase en voyant Paule et Bastien.

– *Merde*, murmura-t-elle, *je tombe mal. Il se passe quoi ?*

– *Noémie.*

– *Oh.*

Elle s'éloigna et s'assit sur une souche.

– *Quoi ?* demanda-t-elle en voyant la tête d'Auguste. *Je m'assieds puisque ça va durer.*

– *Tu sais que tu traverses le tronc.*

– *Ouais.*

– *D'accord.*

Auguste et Simonetta la rejoignirent et tous trois gardèrent les yeux rivés sur le couple.

– *Ils sont beaux quand même*, soupira Suzy Suzette.

Enveloppés par le bruissement des frondaisons, le chant des oiseaux, les parents de Noémie laissèrent libre cours à leur chagrin. Une voiture se gara un peu plus loin éjectant une famille repue par un repas copieux.

– *Bougez pas, je m'en occupe,* lança Suzy Suzette sortant de son tronc.

– *Mais...*

– *Suzy*, commença Simonetta, *ils ne te voient pas.*

– *Moi non, mais elle si ! Vas-y, ma belle.*

Une couleuvre tranquillement enroulée au pied d'un arbre posa ses yeux sur Suzy Suzette, suivit son index et se déplia en direction des nouveaux venus. Ces derniers poussèrent des cris d'orfraie à glacer le sang. Profitant du soleil, le serpent se plaça au milieu de l'allée obligeant les involontaires importuns à monter dans leur voiture pour choisir une autre allée.

– *Et voilà le travail ! Et tu empêches quiconque de passer*, ordonna Suzy Suzette à la couleuvre.

Auguste était abasourdi.

– *J'ai toujours eu un truc avec les animaux*, expliqua Suzy Suzette.

– *Je ne l'avais même pas vue, la couleuvre !*

– Bah, moi si. J'aime pas les bestioles, mais là, j'ai fait une exception.

– C'est dingue. Quand on va raconter ça à Paule.

– J'en ai eu pas mal aux Hays, reprit Simonetta après un silence.

– Oh ben, avec Ermentrude, il ne va pas en rester beaucoup. Là où Ermentrude passe, le serpent trépasse.

– Je suis là, je suis là, murmurait Bastien. J'aurais dû être là avant. J'ai été stupide, lâche, égoïste. Je n'attends pas ton pardon parce que je suis allé trop loin, je ne le sais que trop. J'étais tellement en colère. En colère après toi. Toi qui as toujours été là pour Noémie au contraire de moi. Toi qui nous avais construit un foyer heureux. Parce que nous étions heureux, c'est une évidence. Grâce à toi. Grâce à notre petite. Moi, je ne servais à rien. Je profitais de vous deux, de votre affection. Et qu'ai-je donné en retour ? Rien. Des reproches, de la colère. Je m'en suis tellement voulu après, mais il était trop tard. J'ai fui au lieu d'assumer ; je me suis tu au lieu de parler. J'ai rejeté la faute sur toi parce que c'était plus facile, mais qu'ai-je fait moi ? Rien. Tu as toujours été là pour moi, pour notre fille. Moi, j'ai fui. Tu avais besoin de moi et j'ai fui. Mais aujourd'hui, je suis là. Désormais, je serai toujours là. Je t'aiderai, je partagerai avec toi notre fardeau. Je vais être le mari que j'aurais dû être. Le père que j'aurais dû être. L'homme que j'aurais dû être. On va surmonter ça ensemble, tous les deux et on vaincra. On y arrivera. Ensemble.

Nul n'aurait su dire si Paule entendait les paroles de Bastien, mais chacun pouvait l'espérer. Des paroles tellement attendues. Un baume dont elle avait besoin.

– *C'est beau ce qu'il dit, hein ?*

Simonetta approuva. Le couple resta uni ainsi pendant un long moment jusqu'à ce que Bastien décide qu'il était temps de raccompagner Paule chez elle. Renée surprit leur arrivée rue des Aubépines. Elle allait parler quand la mine défaite de Paule l'arrêta. Quelque chose se produisit en elle. Quelque chose qui venait de loin. Du passé. Quelque chose qui resta flou, incertain, mais qui réveilla une peur enfouie et une profonde tristesse. Ce fut une Madame Renée assommée qui retourna à sa loge, sortit un flacon d'eau-de-vie et se servit un verre qu'elle avala cul sec. Une Madame Renée qui fixa d'un regard vide la bouteille en essayant de donner corps aux sensations qui l'habitaient. Mais en vain. Elle haussa les épaules et se dit que c'était juste un mauvais jour. Un mauvais jour qui la tarauda encore une bonne heure avant qu'elle se décide à aller chez le tatoueur. C'est Manfred qui la vit débarquer.

– La Maréchal, ça va pas.

Elle tourna les talons aussi vite qu'elle était venue, laissant Manfred interloqué. Mais ce fut une Madame Renée soulagée qui ouvrit la porte du 5, rue des Aubépines. Elle avait eu une bonne idée, elle le savait. Le mauvais souvenir s'effaça lui laissant la possibilité de reprendre son nettoyage des paliers. Bastien, lui, découvrit l'appartement de Paule et surtout le piano. Il sourit en le voyant.

– J'espère que tu fais tes gammes, Noémie râlait toujours parce que tu ne les faisais pas.

Paule regarda son ex-mari avec un œil rougi par les larmes, mais neuf.

– Elle me disait toujours « papa, maman m'énerve parce qu'elle ne fait pas ses gammes. Alors quand je vais arrêter le piano, qui c'est qui va en faire ? » « Mais pourquoi arrêterais-tu le piano ? » « Papa, je suis une ado, alors les ados, ça fait n'importe quoi. Y compris arrêter le piano. »

Paule ne put s'empêcher de sourire en imaginant le ton de voix que sa fille avait dû prendre. Elle conduisit Bastien jusqu'à la chambre de Noémie. Il resta un instant interdit, puis, avec précaution, il entra dans le Saint-Sépulcre. Assis sur le lit, il se laissa aller dans les bras de Paule et pleura tout ce qui n'avait pas pu pleurer douze ans auparavant.

– *Ils sont beaux*, commenta Suzy Suzette. *C'est triste, mais c'est beau*.

– *Ouais.*

Auguste écrasa une larme et sortit de l'appartement suivi des deux femmes.

– *Bah, qui c'est ?*

– *Sam.*

– Sam ?

– Le livreur.

- Le livreur ?

– De Hassan l'épicier. Mais qu'est-ce qu'il fait ? se demanda Auguste le voyant déposer un sac sur le pas de la porte.

- Ben, il livre.

– Merci, Suzy, pour cette remarquable observation.

– C'est nous.

– Hein ?

– Y'a écrit « c'est nous. »

– Tu lis le courrier des autres, toi ?

– Ben, oui ! Je sais pas qui c'est, moi ce gars. Pt'êt qu'il veut du mal à Paule ?

– C'est qui « nous », s'interrogea Simonetta.

- Alors, là, le choix est vaste : Manfred, Honoré, LaSouris, Chloé, Amir, Hassan. Venez, je vais vous les présenter.

« Elle me manque tellement, tellement » répétait en boucle Bastien. Paule le berçait doucement en silence. Il n'y avait rien à dire de toute façon. Juste à écouter. Les trois comparses, revenus de leur visite, scrutaient le sac posé sur le palier, non sans curiosité.

– *Je me demande ce que c'est.*

– *Déjà, c'est pas une bombe, il n'y a pas de bruit de réveil.*

– *Ah ben, celle-là, je l'ai pas vue venir !*

– *Bah quoi ? On sait pas.*

Simonetta regardait dans le vague.

– *C'est étrange tout cela,* finit-elle par dire.

– *Quoi ?*

– *Tout. Nous trois, là, par exemple, devant la porte de Paule. Nous trois parmi les vivants. Et Paule qui nous voit.*

– *Moi, je dis que c'est une juste récompense.*

– *Une récompense ?*

– *Bah oui. Je vois bien, à votre tête, que vous avez souffert. Auguste, c'est une erreur et, moi, j'étais putain. C'est bien quand même qu'à un moment donné quelqu'un s'occupe de nous ! Faut bien compenser les misères subies.*

Simonetta et Auguste sourirent devant cette naïveté.

– Quoi ?

– Non, mais si. C'est juste. Enfin, c'est bien.

– Et pis, ça aide Paule.

Le silence se fit.

– Oui, ça aide Paule.

– Ça se trouve, il y en a d'autres comme nous !

– Ne rêve pas. Depuis le temps que je suis mort, vous êtes les premières que je croise.

– Eh ben, c'est moche. Parce qu'y en a d'autres qui auraient besoin d'aide.

– C'est pour cela qu'il y a des anges gardiens.

– Conneries !

– Non, ma petite dame, la reprit Auguste. *C'est vrai. Un pour chacun.*

– Bah, ils sont pas très efficaces.

– Ah ben en même temps, si le gars est sourd…

– ?

– L'ange gardien est celui qui protège par ses conseils, qui aide à prendre des décisions. Sauf que si tu as les charentaises ensablées, tu n'entends rien.

Ils se turent.

– *Bon, je vais voir* !

Simonetta tenta bien de l'en empêcher, mais elle passa au travers. Suzy Suzette trouva Paule et Bastien silencieux, essuyant leurs larmes.

– Tu as gardé ses doudous, remarqua Bastien en tournant les yeux vers le traversin.

– Oui.

– Ses jouets aussi.

Paule baissa les yeux sur les Playmobil qui jonchaient le sol.

– Oui. C'est Gédéon qui joue avec.

– Ah.

– C'est le fils de Victorine. Ils habitent au cinquième. Victorine est le médecin qui me loue le bureau au premier.

– *Alors ?*

– *Rien, y causent.*

– *Ah.*

– J'ai gardé beaucoup de choses en fait, poursuivit Paule. Ses vêtements d'enfants surtout. Je n'ai pas pu.

Bastien serra fort la main de son ex-femme.

– Personne ne peut exiger cela, répondit-il. Personne. Et personne ne devrait vivre cela.

Il renifla.

– Tu as des mouchoirs ?

Elle se leva, quitta la chambre et revint avec un paquet. Bastien était resté à la même place, tout aussi désemparé.

– J'ai l'impression de vivre un cauchemar. Tous les jours. Des fois, la nuit je me réveille en me disant qu'elle est là dans la chambre d'à côté. Je me lève et il n'y a pas de chambre à côté. Quand je vais sur sa tombe, je n'arrive pas à croire que c'est ma fille qui est sous la pierre tombale. Je me dis que ce n'est pas elle, que je vais me réveiller et que je vais vous trouver toutes les deux devant le piano ou à regarder des photos. C'est tellement horrible.

Les larmes jaillirent de nouveau. Paule posa sa joue contre l'épaule de Bastien.

– Pourtant, c'est la réalité. Aussi affreuse soit-elle. Quelqu'un a tué notre fille, vit sa vie pendant que la nôtre est détruite. Ce qui me révolte est qu'on ne saura jamais si c'était intentionnel ou accidentel ; si la vie de notre fille avait une valeur aux yeux du chauffard, s'il se morfond et se noie dans la culpabilité ou si depuis douze ans, il vit tranquille.

– Des fois, je rêve que je le tue, avoua Bastien.

Paule sourit.

– Moi, je le tabasse. Encore et encore.

– Et ça te fait du bien ?

– Je ne sais pas. Je me réveille en sursaut et je pleure.

– Tu crois qu'on s'en sortira ?

– Je vois un psy depuis quelque temps.

– Moi aussi, depuis cinq ans.

– C'est vrai ?

– Oui. Sans Raymond, je ne serais pas là.

– Je ne comprends pas, dit-elle, interloquée.

Il lui sourit tristement.

– Je ne suis pas bien beau à voir à l'intérieur, tu sais. Quand je suis parti, je suis réellement parti. Je ne t'ai pas seulement abandonnée, j'ai tourné le dos à Noémie. Ma colère a masqué mon chagrin, je suppose. Ne va pas croire que je suis arrivé tout seul à cette conclusion. Ça vient de ma psy. On a cherché pour savoir pourquoi j'étais en colère contre toi et ce que j'ai découvert n'était pas très joli. J'étais en colère parce que mon avenir était détruit. Parce que ma petite vie tranquille s'effondrait. Je n'étais pas en colère parce qu'on avait tué ma fille, j'étais en colère parce qu'en tuant ma fille, on détruisait le bonheur qui était le mien : une femme qui gagne bien sa vie, paisible, avec de l'humour, qui ne demande jamais rien ; une fille sans aucune exigence et bonne élève ; et moi, qui ne faisais que ce que je voulais comme je le voulais. Et tout était détruit. Alors j'ai dit que c'était de ta faute parce que tu avais encouragé Noémie à apprendre le piano au Conservatoire. Je n'étais qu'un abruti.

Il se tut. L'effarement se lisait sur le visage de Paule.

– Je suis désolé, murmura-t-il contrit. Mais c'est la vérité. Et il a fallu qu'oncle Raymond débarque à l'agence, m'attrape par le col, me fasse sortir de force dans la rue, me colle contre un mur et me balance ses quatre vérités au visage pour que je comprenne enfin ce que signifiait la mort de ma fille. Au début, j'étais en colère contre lui, mais je n'ai jamais pu m'ôter de la tête ce qu'il m'avait dit, qui était vrai en plus. J'ai eu des insomnies et c'est là que j'ai pris la décision de consulter un psy. C'est depuis Raymond que je vais le mercredi sur la tombe de Noémie, sinon je crois bien que j'aurais continué de mener ma petite vie tranquille sans me soucier de ma fille. Oh, je m'en serais soucié, ma psy me l'a dit, mais trop tard. Trop tard pour faire le deuil de ce petit être que j'aimais à la folie.

– *Je l'aime bien moi ce tonton Raymond*, lâcha triomphalement Auguste.

– *Ah ça, il a des couilles*, renchérit Suzy Suzette.

Paule n'arrivait pas à croire ce qu'elle venait d'entendre. Elle ne savait quoi dire ni quoi faire.

– J'ai bien aimé le dernier bouquet que tu as mis sur sa tombe, il était très gai. Moi, quand je vais sur sa tombe, je pleure et je lui demande pardon pour toutes ces années où je ne suis pas venu. Tu aurais de l'eau ?

Elle regarda un instant sans comprendre puis machinalement le conduisit à la cuisine.

– *Psst*, fit discrètement Suzy Suzette, *il y a un colis devant la porte.*

Intriguée, Paule ouvrit la porte et prit le sac. Elle sourit en découvrant le contenu. Bastien la vit alors sortir diverses casseroles, assiettes et préparer un repas totalement inattendu.

– *Ah ben, c'était de la nourriture* ! fit Suzy Suzette quelque peu déçue.

– *Bah, tu t'attendais à quoi ?*

– *À rien. Psst*, refit Suzy Suzette, *le téléphone du monsieur sonne.*

– Bastien, tu devrais répondre. Tu peux aller dans le bureau si tu veux.

Gêné, il s'éclipsa.

– C'était qui au téléphone ? demanda Paule à Suzy Suzette.

– *Élise. C'est qui ?*

– Sa femme.

– *Bah ?*

– Bastien et moi sommes divorcés. Il prépare son remariage.

– *Pas étonnant que tonton Raymond soit allé lui casser la figure !*

– Suzy, Bastien a le droit de refaire sa vie. La mort de notre fille a séparé notre couple, mais pas les parents que nous sommes. De toute façon, nous ne formions plus réellement un couple depuis très longtemps. Mais il a eu la délicatesse de ne pas me tromper du vivant de notre fille. Je crois que si Noémie n'avait pas été tuée, nous serions toujours mariés, à mener une vie de colocataires qui nous satisfaisait parfaitement.

– *Bah, c'est moche quand même.*

Paule esquissa un sourire alors qu'elle garnissait les assiettes d'un tajine qui sentait particulièrement bon. Bastien revint quelque peu embarrassé.

– Je ne pense pas que nous ayons très faim, mais Amina s'est donné du mal.

Entre deux bouchées, il lui demanda qui était Suzy Suzette. Paule lui raconta alors qu'elle avait trouvé quelques feuillets manuscrits de cette ancienne prostituée et qu'elle venait de rédiger un manuscrit, racontant ce qu'elle considérait être comme sa vie. Bastien fut particulièrement impressionné et posa tout un tas de questions quant au choix de l'éditeur et à l'avenir qu'elle allait donner à ce livre.

– Tu devrais l'envoyer aux plus grandes maisons d'édition.

– Je vais d'abord le faire lire à quelqu'un qui me connaisse sans être trop proche de moi, de façon à obtenir un avis objectif pour savoir si je fais la queue devant la porte des maisons d'édition ou si je me lance dans l'auto-édition.

– Ernest sera de bon conseil.

– Ernest sera le pire conseil, fit-elle en souriant. Si je demande à des amis proches, ils loueront mon travail, diront que c'est magnifique, simplement parce que c'est moi qui l'ai écrit. Dans leur cas, je pourrais mettre ma culotte sur la tête qu'ils considéreraient cela comme de la dernière mode.

Bastien se mit à rire et admit que Paule avait parfaitement raison.

– *Donc, il vous faut quelqu'un qui vous connaisse sans vous connaître, qui soit proche de vous sans être proche de vous et qui puisse être capable de lire et d'analyser un manuscrit. Eh ben, on n'est pas rendus*, ronchonna Auguste.

– *Le doc !*

– *Suzy, il est raide dingue de Paule !*

– *Crotte.*

– *Le médecin qui loue le bureau à Paule* ? suggéra Simonetta.

– *Mauvais choix, le gamin vient jouer aux Playmobil.*

– *Madame Renée ?*

– *Sans déconner ! Elle est bien sympa Madame Renée, mais à part dire c'est bien ou c'est pas bien, elle va pas bien nous aider.*

– Si, intervint Paule, elle nous dira si elle aime ou pas.

Bastien fixa d'un air interrogateur son ex-femme.

– Non, mais j'étais en train de faire la liste des gens auxquels je pourrais confier le manuscrit.

– Et qui est Madame Renée ?

– La concierge.

– Cela peut être une bonne idée dans la mesure où tu saurais quel type de lectorat tu peux toucher avec ton manuscrit. Elle ne t'aidera peut-être pas dans le choix de l'éditeur, mais elle te donnera un avis de lecteur.

– *Sinon, il y a les Jean,* fit soudainement Auguste. *Lui est dans la publicité, sa femme travaille pour un laboratoire pharmaceutique. Leur gamine vient chez vous pour des cours de physique, Monsieur Jean vous a aidée pour accoucher le docteur Théophile, vous êtes proches sans être proches. Et puis vous aurez l'avis d'un lectorat d'une autre classe sociale. À mon avis, c'est jouable.*

– Les Jean habitent au troisième. Nous avons des rapports de bon voisinage même si je côtoie plus souvent leur fille…

– Cela peut être une bonne idée aussi, l'encouragea Bastien. Tu l'as dit toi-même, il faut que ce soit quelqu'un qui te soit proche, mais suffisamment éloigné pour pouvoir te donner un avis clair.

Ils passèrent ensuite au salon où Paule sortit les albums photos qu'ils feuilletèrent, non sans émotion, jusqu'au petit matin. Simonetta, Suzy Suzette et Auguste découvrirent toute la famille des de Saint-Jean et des Maréchale. Ils virent Noémie bébé, faisant du vélo, devant son piano, dans les bras de sa maman, de son papa, de ses grands-parents ; Noémie et Albert le cocker ; Noémie et Jojo ; Noémie dans les bois ; Noémie avec Justin, Marie Simone ; Noémie avec Suzanne ; Noémie avec Madame de Montmorency ; Noémie dans les bras de Gabrielle. Ils virent les photos du bonheur parfait atemporel, éternel et versèrent les larmes de tristesse devant ce bonheur gâché.

Le dimanche de Pentecôte est un jour particulier chez les catholiques : il est celui du retour du Christ parmi les hommes, de la transmission de l'Esprit saint qui ouvre les cœurs. Chez les de Saint-Jean, il sera celui de la Révélation. Le point de départ d'une nouvelle vie. Il n'ouvrira pas les cœurs, mais les yeux.

À son retour chez lui, Bastien s'allongea sur le canapé et s'endormit. Il fut vite réveillé par ses deux garçons lui grimpant dessus.

– Tu rentres seulement, constata Élise.

Il n'y avait aucune animosité dans la remarque, juste un soupçon de reproche que Bastien ne releva pas. Il se prépara à aller déjeuner chez ses beaux-parents, ce dont il se serait bien passé, la soirée auprès de Paule ayant mis au jour des besoins différents. Il aurait préféré passer son dimanche entouré de sa future femme et de ses deux enfants et leur parler de Noémie. À table, la conversation tourna autour de tout et de rien jusqu'à ce qu'une de ses belles-sœurs lui fasse une remarque à propos de son visage fatigué.

– Il a passé la nuit avec son ex-femme.

Là aussi, c'était dit sans colère, mais l'accusation était bien là. Pesante. Bastien laissa passer sans réagir. La conversation reprit, mais quelque peu plombée par la gêne des parents d'Élise. Savoir que le futur gendre avait passé la nuit chez son ex-femme alors qu'il allait épouser leur fille dans un mois les mettait mal à l'aise et remplis de questions. Bastien le sentit. Posant ses couverts, il profita du silence qui s'était installé.

– J'ai passé la nuit avec Paule à parler de notre fille. C'est une conversation que nous aurions dû avoir bien plus tôt. Non, reprit-il après un silence, c'est une conversation que nous n'aurions jamais dû avoir si je m'étais comporté comme un homme. Ma fille de treize ans est enterrée plusieurs mètres sous une pierre tombale et je ne m'en suis rendu compte qu'il y a seulement quatre ans. Quel père suis-je pour oublier mon propre enfant ? Alors oui, j'ai revu Paule ; oui, nous avons discuté, pleuré notre fille ; oui, j'ai l'intention de rester en contact avec la mère de ma fille et non, je n'ai pas l'intention de tromper Élise avec elle. Depuis douze ans, j'aime au grand jour Élise, nous avons deux garçons, j'ai fondé un foyer qui me rend heureux, mais je refuse d'enterrer ma fille une seconde fois en la faisant passer au second plan. Je refuse d'ignorer la femme qui m'a donné mon premier enfant, la femme que j'ai abandonnée par pur égoïsme, la laissant souffrir mille morts seule. Je continuerai d'aller voir ma fille tous les mercredis et je prendrai régulièrement des nouvelles de sa mère. Et puisque nous en sommes là, j'entends raconter à mes fils qu'ils ont une sœur.

Ce faisant, il posa sur la nappe une photo de sa fille à l'âge de dix ans.

– Si cela dérange, si vous estimez que c'est une hérésie, que cela rendra Élise malheureuse, etc., alors autant qu'il n'y ait pas de mariage. Je ne renierai pas mon passé de père pour vous rassurer sur une crainte infondée.

Raide, il se leva et quitta la table.

– Je rentre à la maison, j'ai besoin de sérénité.

Un silence étouffant accueillit son départ. Élise éclata en sanglots, le repas est gâché se pensèrent la plupart des convives.

– C'est qui la petite fille ?

La grand-mère d'Antoine, le fils aîné d'Élise, faillit s'étouffer.

– Ce n'est personne, proclama le grand-père.

– Ah.

Le petit garçon retourna à ses jeux. Le malaise très net fut interrompu par le retour de Bastien.

– J'ai oublié la photo de ma fille.

Voyant Élise en larmes, il ajouta :

– Tu devrais rentrer avec moi pour que nous discutions. Les enfants pourraient rester avec leurs cousins.

Il y avait beaucoup de douceur dans sa voix et de la tendresse dans ses yeux.

– Tu ne peux pas effacer douze ans de vie commune parce que j'ai discuté avec la maman de Noémie. Tu n'as pas le droit de me le reprocher. Pas toi.

Il tourna le dos, allait passer la porte quand il entendit les talons de sa future femme dans son dos. Ils partirent laissant les invités commenter tout à leur aise l'incident. Aucun ne pensait à mal, mais personne ne pensa en bien. Le malheur ne se partage pas, il ne se comprend pas non plus.

Xavier eut son lot de découvertes aussi. Il avait passé le samedi et le dimanche matin à faire des gâteaux pour sa sœur : merveilleux et sablés au chocolat. Antoinette, revenant de la messe, ajouta une crème à la vanille « parce que ça fait beaucoup de chocolat d'un coup ». Les enfants furent autorisés à accompagner leur père chez Paule. Seul Rodolphe, endormi, resta chez ses grands-parents avec sa maman. Ils découvrirent une Madame Renée peu amène, mais reconnaissante du sablé offert par Brigitte « Vous verrez, ils sont trop bons, c'est mon papa qui les fait » ; ils rencontrèrent Barnabé revenant de son footing « Bonjour, je suis Barnabé, j'habite au cinquième » et Paule, les yeux rouges et gonflés « Ben dis, donc tu es fatiguée » commenta Cléo.

– Vous rentrez tard.

Le reproche était net. Il est vrai qu'ils ne devaient faire que passer et déposer les gâteaux, mais quand ils revinrent, il était pratiquement 16 h. Rodolphe venait juste de se réveiller.

– Paule m'a donné des conseils pour ma reconversion.

– Ah. Parce que tu te reconvertis maintenant. C'est bon à savoir.

– Cécile…

Poussés par leur grand-mère, les enfants quittèrent la pièce et allèrent se réfugier dans le jardin. Là, libérés, ils racontèrent à leurs grands-parents tout ce qu'ils avaient fait chez leur tante. Il fallut qu'ils expliquent chacun leur tour, car ce fut au départ une jolie cacophonie. Rodolphe écoutait attentivement tout en mâchouillant un sablé.

– Alors moi, dit Philippe, j'ai cherché un livre de cartes routières et comme je trouvais pas notre région, papa m'a aidé. Après, avec papa, on a épinglé tous les villes et villages autour de chez nous.

– Et moi, je notais les noms au tableau ! fanfaronna Brigitte. Tante Paule, elle a un super grand tableau blanc ! Mais, j'ai eu du mal parce que les noms étaient compliqués. Wahagnies, Attiches, pff, c'était pas facile.

– Au moins, tu as su écrire notre ville : Camphin en Carembault ! se moqua Philippe.

– Oh, ben quand même.

– Et nous, on a entouré de couleurs différentes les noms : ceux qui avaient une école, un collège, un lycée ; ceux qui avaient une boulangerie, une poste ; le nombre d'habitants, ajouta Jacques.

– Et c'était très joli, conclut Cléo.

– Pourquoi avez-vous fait ça ?

– Je sais pas. Tante Paule, après, elle a parlé avec papa, j'ai pas tout compris, s'excusa Brigitte.

– Moi, j'ai compris que papa pouvait soit rester comme ça à La Poste. Soit être à la poste et faire pâtissier comme en ce moment. Soit faire que pâtissier soit faire pâtissier et postier, mais ailleurs.

– Ailleurs ?

– Oui, continua Philippe, le projet de faire les deux dans le même camion comme dans le Jura, c'est pas trop possible, car on est proches de Lille et des centres commerciaux.

– Ah, d'accord. Pourtant, il y a pas mal de petits villages.

– Oui, mais les commerces sont proches les uns des autres. Tante Paule dit que les bénéfices pour la Poste seraient moindres.

Les grands-parents enchaînèrent sur les vacances afin d'essayer de masquer la dispute qui devenait de plus en plus audible.

– Merde ! Merde ! Mais qu'est-ce que tu me reproches à la fin ? J'ai tout fait pour toi ! Tout ! Je voulais faire ma mention spéciale, tu m'a demandé de suivre les traces de ton père, je l'ai fait. Tu voulais rester dans le Nord, j'ai quitté la Bourgogne.

– C'est ça ! Maintenant tu vas m'accuser ! C'est de ma faute si tu ne gagnes rien, peut-être !

Xavier vacilla.

– Je ne gagne rien ?

– Oui, parfaitement ! Rien. Mes sœurs sont mieux loties que toi ! Elles, au moins, elles ont fait un beau mariage !

– Un beau… mais nous aussi !

– Non, nous, nous sommes pauvres !

C'était lâché. Non, c'était craché.

– Mais, nous ne sommes pas pauvres…

Xavier perdait pied. Cécile et lui s'étaient mariés à vingt ans. Il en avait quarante-deux. Vingt-deux ans de bonheur à ses yeux et tout partait en fumée, comme ça, d'un coup. Cécile était lancée. Elle enveloppa Xavier de ses relents d'amertume, ses regrets, sa rancœur de ne pas vivre sur un grand pied en comparaison de Paule ou de ses sœurs qui peuvent louer des gîtes quand eux vont au camping. Xavier, assommé, s'était assis, la tête entre les mains. Pierre se leva inquiet quand il vit l'attitude de son fils. Des trois, il était le plus sensible, le plus fleur bleue, le plus doux.

– On devrait y aller, non ? dit-il interrogeant Antoinette du regard.

– Je ne crois pas. C'est leur couple…

– Ouais, ben maman, elle a pas l'air sympa là.

– Brigitte, ce sont des histoires de grandes personnes.

– Je sais mamie. Mais bon, moi, je trouve qu'elle exagère.

– Brigitte a raison, intervint Philippe. Papa est le seul qui travaille et maman se plaint de ne pas avoir assez d'argent.

Il hésita puis demanda :

– Mamie, est-ce qu'on est pauvres ?

Antoinette ouvrit la bouche, choquée de la question.

– Bien sûr que non ! tonna Pierre. Ta grand-mère et moi avons élevé trois enfants avec moins que ce que vous avez ! Et ils ne se sont jamais plaints. Et toi ?

– Bien sûr que non ! s'offusqua Antoinette qu'on lui posât la question. J'étais juste fatiguée des disputes entre Julien et Paule. Nous avons bien élevé nos enfants, avec nos moyens, sans en demander plus. Je ne vois pas ce que Cécile lui reproche, vraiment. Ils sont propriétaires de leur maison ! Ils partent en vacances, ont des loisirs. Nous ne sommes jamais partis !

– Nous n'en éprouvions pas le besoin, en fait. Je ne comprends pas. Il a refusé de devenir pâtissier parce qu'elle ne le souhaitait pas ; elle ne voulait pas vivre en Bourgogne et avait envie d'une famille nombreuse. Elle a tout obtenu !

– Et même que nous, on est sages !

– Apparemment, c'est pas assez, murmura Cléo.

– Qu'est-ce que tu veux ? demanda machinalement Xavier, épuisé.

Il avait contre argumenté, prouvé par A + B que ce qu'elle affirmait était faux, lui avait rappelé que tout ce qu'il avait fait ou pris comme décision émanait d'elle, mais rien n'y faisait.

– Je veux divorcer !

Xavier, étourdi par le coup qu'il venait de recevoir, s'effondra. Les de Saint-Jean se précipitèrent.

– Bien sûr, tes parents viennent te défendre ! cracha-t-elle.

– On ne vient défendre personne, se fâcha Pierre. Votre querelle fait du mal aux enfants.

Antoinette s'était assise sur une chaise en face de son fils.

– J'ai décidé de divorcer !

Pierre n'en revenait pas. Il était totalement estomaqué.

– Mais, enfin, les enfants… tenta-t-il.

– Il avait qu'à y penser avant !

– Mais, je…

Les de Saint-Jean étaient bouleversés et cherchaient leurs mots, en vain.

– Je vais faire les bagages, je rentre avec les enfants. Inutile de chercher à les voir, maintenant !

Cécile triomphait, mais on se demandait bien de qui. Désemparés, les parents de Saint-Jean avaient appelé à la rescousse leurs aînés. Paule avait répondu présente et Julien annoncé qu'il arriverait une fois son service fini. Ce ne fut pas difficile pour Paule trouver le pourquoi du comment.

– Je te jure Paule que j'ai toujours été un bon mari. Je te jure, se précipita Xavier vers sa sœur.

– Mais évidemment ! Tu n'as même pas à me le dire !

– C'est Cécile ! Elle dit que je suis un raté, que

– Arrête. Raconte-moi précisément ce qu'elle t'a dit.

Le frère et la sœur se mirent à l'écart dans le jardin. Lentement, il lui répéta les mots de sa femme. Attentivement, elle écouta. Paule avait appris que les mots avaient leur importance. Prononcés dans la colère, ils révélaient des non-dits, des frustrations. Prononcés avec calme, ils blessaient. Munie d'un lexique large s'étalant de paumé, ringard, sans ambition à nul au lit, elle alla trouver sa belle-sœur.

– Forcément ! On appelle le chien pour mordre !

- *Ah, ben, elle est sympa celle-là !*

– Ma belle-sœur.

– Si tu es venue me faire changer d'avis, tu te trompes. Tu ne sais pas ce que c'est que de vivre avec un homme sans ambition, un louseur ; tu ne sais pas ce que c'est que la pauvreté.

- *Quelle grue ! Comme si elle en avait la moindre idée !*

Paule la laissa se plaindre.

- *Moi, je dirais qu'elle enfile les perles,* analysa Auguste.

– *Les perles ?*

– *Ma chérie, ça veut dire les allonger les clichés. Sortir des platitudes. En général, ça masque autre chose.*

Simonetta, à la gauche de Paule, ajouta « *cette femme est malheureuse* ».

– Tu n'es pas heureuse, n'est-ce pas.

Ce n'était pas une question, juste un constat.

– Parce que j'aurais de quoi ? dit-elle hargneuse.

– Je ne sais pas. Tu aurais pu en parler à Xavier.

– Lui parler ! Laisse-moi rire ! Il ne pense plus qu'à sa pâtisserie ! Il voudrait que je travaille ! Comme si s'occuper de cinq enfants, ce n'était pas du travail !

- *Dans ce cas, fallait pas faire de gosses !*

– Si tu ne voulais pas d'enfants, il aurait fallu lui dire aussi.

– Comme si c'était facile ! C'est Xavier qui a voulu des enfants ! Qui a voulu vous quitter ! Moi, je n'ai rien demandé !

Paule se crispa.

– Tu mens et tu le sais. Il a tout fait pour toi.

– Ça y est ! Le grand acte sur « mon frère, ce héros. » Vous ne savez rien du quotidien avec lui. Rien. Une vie de misère ! Je n'aurais jamais dû l'épouser. J'ai gâché ma jeunesse.

On y était. Elle voulut se reprendre, mais c'était dit. Paule la fixa alors droit dans les yeux.

- *Elle a un marlou !*

– Tu as quelqu'un.

Là aussi, c'était un simple constat. Cécile rougit et se tourna mal à l'aise.

- *Bingo ! Le point est attribué à la finesse de Suzy Suzette.*

Paule choisit ses mots.

– Vous vous êtes mariés jeunes. Et vous avez eu des enfants très tôt. Trop tôt. Tu as raison de vouloir divorcer, si tu ne te sens pas heureuse. Mais tu n'as pas le droit de rejeter la faute sur Xavier. Tu es de mauvaise foi et tu le sais. À toi d'être honnête avec lui.

Elle se leva.

– À toi aussi d'être raisonnable. Tu ne peux retirer les enfants à Xavier. Et s'il te prenait l'envie de le faire, sache que j'engagerai le meilleur avocat qui soit pour défendre ses droits. C'est toi qui le trompes, c'est lui et lui seul qui fait tourner la marmite. Aucun juge n'accordera la garde à une mère...

– Je ne veux pas garder les enfants.

Elle tournait toujours le dos à Paule.

- *Merde !*

– Alors, c'est très bien. Xavier prendra l'avocat de Julien. Il rédigera l'acte de divorce et tout se fera au mieux. Il te faudra malgré tout expliquer les raisons du divorce. Tu leur diras aussi que tu vas habiter chez une amie en attendant que tout soit arrangé.

- *Les enfants ne vont pas comprendre*, s'alarma Simonetta.

– Les enfants comprendront et te garderont leur affection. Ce qui ne serait pas le cas, si tu te lançais dans une procédure visant à humilier leur père. Leur regard sur lui a changé et sur toi aussi. Ils sont inquiets parce qu'ils ne te sentent pas heureuse. « Bien qu'on range notre chambre » m'a dit Cléo. Je te souhaite de te retrouver et de vivre la vie dont tu rêvais. Je vais dire à Xavier de monter, tu dois lui parler. Et rassure-toi, je connais mon frère. Il te pardonnera. Au fait, ajouta-t-elle, quand tu chercheras un emploi, va dans le secteur du service à la personne. Les maisons de retraite en particulier.

Cécile, hébétée, les yeux embués de larmes, regarda Paule.

– Tu sais t'occuper des gens. C'est une certitude. Il n'y a que toi qui ne le saches pas. Les personnes âgées ont besoin de cette attention que tu peux offrir quand tu n'es pas dans la colère.

Elle ferma la porte, descendit et dit à son frère :

– Cécile a à te parler. S'il te plaît, écoute et laisse passer les rancœurs. Vous devez avancer pour le bien de vos enfants.

Il monta inquiet.

– Bon, les enfants, venez deux minutes.

Rodolphe dans les bras, les autres autour, elle leur expliqua avec des mots choisis la séparation proche de leurs parents. Elle lut l'inquiétude et la peur de devoir faire un choix entre les deux.

– Éléonore et Edmond ont vécu le divorce de leurs parents au même âge que Philippe. Et tout s'est bien passé. Je ne dis pas que cela sera facile, mais vos parents vous aiment et c'est bien tout ce qui compte.

– On va changer d'école ?

– Non, ma puce. Ce sera tout pareil.

– De toute façon, c'est des histoires d'adultes, conclut Philippe. Et pis, c'est mieux, car ils se disputaient beaucoup ces derniers temps.

– Je vais quand même rester dans la chambre de Brigitte ?

– Ma puce, rien ne va changer. Rien du tout. À part, que vos parents seront plus heureux, je pense.

– Mouais, les grandes personnes, finalement, ça fait autant de bêtises que les petits. C'est bien la peine de nous disputer, grommela Brigitte.

– *Ça, tu l'as dit !*

Julien fit son apparition au moment où son frère descendait totalement abasourdi. Sur un signe de sa sœur, il ouvrit la porte d'entrée et l'entraîna dans une promenade entre hommes.

– Ils vont faire quoi ?

– Discuter.

– Oh.

– Vous devriez aller voir votre maman. Elle doit avoir du chagrin.

Les enfants se consultèrent du regard et timidement grimpèrent les marches. Paule surprit les larmes de sa maman.

– Ben, maman ?

Elle se cacha dans son mouchoir.

– On ne s'attendait pas à ça, murmura son père.

– Attendez que Julien revienne avant de voir tout en noir.

Pierre regarda sa fille qui souriait étrangement.

– Il y a une différence entre le dire et le faire. Cécile est en colère, déçue de sa vie…

– Mais ! Une femme ne quitte pas son mari parce qu'elle n'est pas heureuse !

– Maman, à ton époque sans doute, mais maintenant, personne ne prend le temps de discuter. Le mariage se consomme, il ne se vit plus.

Antoinette était choquée.

– Je ne vous ai pas élevés comme ça.

– Maman, l'éducation que nous avons reçue n'a rien à voir dans nos divorces. Carine ne supportait plus le métier de Julien : beaucoup d'absences, dangerosité, horaires décalés, fatigue nerveuse, déprime parfois. Si Noémie n'était pas morte, nous serions encore mariés. Ni plus ni moins heureux. Nous aurions vécu avec notre fille et je pense qu'une fois partie faire des études, nous nous serions séparés, parce que nous n'avions plus rien à nous dire. Ou peut-être pas. Cécile a été mal conseillée. Il suffit de lui expliquer.

– Lui expliquer quoi ?

– Que Xavier est très amoureux, que ses cinq enfants ont besoin d'elle, mais qu'elle doit dire clairement ce qui la blesse. Si elle n'aime plus Julien, il faut que ce soit dit et qu'ils se séparent. Si ce n'est qu'un problème de reconnaissance, il faut qu'elle se trouve un emploi.

– Je ne comprends pas votre génération, soupira Antoinette. Pierre, réponds.

Le téléphone sonnait depuis belle lurette sans que personne ne s'y intéressât.

– Allô ? Oui, Raymond ! Non, rien de particulier. Je te passe Paule.

– Ben, pourquoi qu'il me passe Paule ? s'étonna Raymond.

– Bonjour tonton Raymond !

– Ben, pourquoi que ton père me passe toi ?

– Mais c'est bien français tout ça !

– Dis donc gamine, tu te moques ? Et où tu étais toi, là, ça fait des plombes qu'on te laisse des messages !

– Je suis désolée. La journée est un peu mouvementée.

– Des soucis ?

– Cécile veut divorcer.

– Tant mieux !

– Tonton Raymond !

– Quoi ? Tu ne vas quand même pas la défendre ?

– Non, mais elle n'est pas heureuse, je ne vais pas l'achever non plus.

– Pas heureuse ? Tu déconnes ? Un mari qui lui passe tout ?

– Elle s'attendait sans doute à mieux.

– Non, mais les bonnes femmes, gamin, je n'y comprendrai jamais rien.

– Abe est avec toi ?

– Oui Madâme, car Môsieur Abe a pêché et tu sais ce que ce gamin a pris pour son baptême ? Hein ? Devine !

Paule avait mis le haut-parleur.

– Tonton Raymond nous lance une énigme, fit-elle à l'adresse de ses parents. Il nous demande de deviner ce que Abe a pêché.

- *Un mort ?*

– *Un vélo !*

– *Une anguille !*

– *Un morceau humain ?*

Paule fit comprendre aux morts qu'ils disaient n'importe quoi.

- *Oui, ben nous on joue aussi !*

– Une friture ?

– Nan.

– Un seul poisson ?

– Oui.

– Super.

– Ah non, mais vous êtes des comiques ! Quel poisson ?

– *Avec des écailles ?*

– *Des nageoires ?*

– *Un pantalon ?*

– Raymond !

– Bon d'accord, l'amoureux de Paule a chopé un silure ! Un mètre trente, 40 kg !!!

– Sans déconner ?

- *C'est quoi un silure ?*

– Un énorme poisson, super moche, qui mange tout.

– Euh, oui, merci, gamine de me rappeler à moi ce qu'est un silure...

Elle éclata de rire et faillit dire qu'elle répondait à Suzy, mais se retint à temps.

– Je t'ai envoyé les photos.

– Vous vous êtes bien amusés, on dirait.

– Et comment ! Et toi ?

– J'ai vu Bastien.

Silence au bout du fil.

– Ah, fit une voix peu amène.

– Nous avons discuté et il m'a dit que tu lui avais donné le fond de ta pensée.

- À défaut d'une baffe !

– Ouais, moi, je lui aurais cassé la gueule. La grande Gertrude, c'est qu'elle a fait à un micheton ! Une râclée, mon gars, on l'a jamais revu. Ça se trouve, il est mort.

– Oh, ben depuis, y'a des chances...

– Et comment que je lui ai dit ce que je pensais ! Quel connard !

– Raymond !

– Oh, pardon, quel malotru. Sans déconner ! Je n'allais quand même pas laisser faire ! Tu es fâchée ? demanda-t-il soudain.

– Non, étonnée.

– De quoi ?

– Que tu sois allé le voir sans me le dire.

– Paule, ma puce, je n'avais pas à te dire ça. Tu es ma filleule — d'ailleurs, je n'ai jamais compris pourquoi ta mère m'a fait cet honneur — et donc c'est mon job. Te protéger. Pierre ne pouvait pas le faire, car la loi du Talion, ce n'est pas son truc. Julien et Xavier auraient pu perdre leur emploi, surtout Julien. Alors que moi ! Et il te l'a dit ?

– Oui. Mais il ne m'a pas dit ce que tu avais dit.

– Ahaha, il ne risque pas c'te couille molle !

– Raymond !

– Cet invertébré des roubignoles.

– *Oh, joli !* lâcha admiratif Auguste.

Pierre ne put s'empêcher de rire. Paule écourta la conversation quand elle entendit les pas des enfants.

– Gamin, je crois que ma Paule aurait besoin de voir son amoureux, proclama Raymond en raccrochant.

Abe Morgenstern rougit.

– Quoi ? J'ai dit une connerie ? Tu veux divorcer ?

– Je ne suis jamais allé chez Paule et sans prévenir en plus, balbutia-t-il.

– Jamais… oh ben vous êtes des comiques, vous deux. Prends ta voiture et vas-y ! tonna le vieil homme. Moi, je prépare la friture et on la mangera samedi.

Abe obéit à l'insu de son plein gré et déboula rue des Aubépines deux heures plus tard. Indécis, il resta devant la porte cochère ne sachant s'il devait sonner ou pas ; se demandant si c'était une bonne idée ou pas. Il n'avait jamais été un impulsif. La seule fois où il s'était fait violence, c'était en suivant les conseils insistants de sa famille « mais si, c'est une excellente idée » et il s'était retrouvé en ménage avec Andréa après l'avoir fréquentée seulement six mois. Selon sa famille, c'était ce qu'il fallait faire « tu penses une étudiante en chirurgie, vous serez heureux, vous êtes faits l'un pour l'autre ». C'est sûr, oui. Physiquement, c'était Ken et Barbie, pour le reste, les atomes crochus étaient filasse. Il s'était vite ennuyé et avait opté pour le Jura, brisant le cœur d'une jeune femme. Ce dont il n'était pas fier. Mais peut-on rester avec l'Autre quand on n'éprouve plus rien pour lui ? Avec Paule, c'était différent. Les circonstances de la rencontre n'étaient pas banales, il avait longtemps lutté contre son attirance, mettant cela sur le compte de son besoin de sauver le monde, mais avait dû reconnaître qu'elle lui plaisait « pour de vrai ». Il était là, depuis deux heures à faire le planton, quand elle surgit de sa voiture.

– Abe ?

L'étonnement de le voir laissa place au plaisir de le serrer dans ses bras.

– Que c'est une bonne idée !

– *Tu m'étonnes !* railla Auguste.

– *C'est trop chou !*

– *J'espère qu'il attend depuis longtemps !*

– *Auguste,* le sermonna Simonetta, *ils sont trop mignons.*

– *Ah non, mais pincez-moi, je meurs !*

– Vous attendez depuis longtemps ? Vous auriez dû m'appeler ! J'ai attendu que Xavier parte avec Cécile. Julien et moi, on ramène les enfants demain, cela leur laissera du temps pour se dire les choses.

Ils entrèrent dans le hall.

– *Ben, la porte est ouverte.*

– *C'est ce qui se passe quand on utilise une clé. Et dans le sens inverse, on ferme une porte.*

– *Ah, mais, je parle de la porte de la loge*, ronchonna Suzy.

- *Ben, ça, c'est étonnant.*

Suzy passa la tête.

- *Merde, elle pleure. Et pas qu'un peu !*

Paule ayant entendu la conversation poussa la porte et entra. Abe resta un peu en arrière.

– Madame Renée ?

Cette dernière perdue dans ses sanglots n'entendit rien. Elle était effondrée tenant une lettre dans la main. Paule n'insista pas, s'approcha et prit le courrier.

- *Ben, celle-là, c'est fort de café*, s'exclama Auguste lisant par-dessus l'épaule de Paule.

– C'est n'importe quoi, oui, confirma Paule. Je m'en charge, répéta-t-elle jusqu'à ce que Renée entende.

Celle-ci la découvrit.

– Je m'en charge.

– Vous… ?

– Oui, ne vous inquiétez pas. Je vais tout arranger.

C'était dit doucement, mais avec conviction.

– Allez vous coucher, je m'occupe de tout.

Madame Renée la regarda sans comprendre.

– Je vais tout faire pour que cela n'arrive pas. Promis. Essayez de dormir, vous en avez besoin.

Paule lui fit un petit signe et sortit. Elle avait laissé une enfant dans la loge.

– *Bon, c'est pas tout ça, mais vous envisagez quoi ?*

– Il faut convaincre le syndic de revenir sur sa décision. Le problème est que c'est un domaine que je ne maîtrise pas.

- *Faudrait demander à quelqu'un qui sait.*

- *Poivre et Sel sont dans le bâtiment !*

– Ils sont en vacances en Martinique.

- *Merde.*

Machinalement, Paule, concentrée, emprunta les escaliers suivie d'un Abe pétri de tendresse. Mentalement, elle faisait la liste des occupants de l'immeuble qui pourraient l'aider.

– Monsieur Jean !

- *Bien joué ! Il est devant la télé avec sa femme.*

Ni une ni deux, Paule — qui ne se demanda pas comment Auguste pouvait savoir qu'ils étaient devant la télévision — sonna avant qu'Abe et Simonetta ne lui rappellent qu'il était 23 h. Le propriétaire du troisième ouvrit dès qu'il la reconnut.

– Madame Maréchale de Saint-Jean ! Un souci ?

Sans un mot, elle lui tendit la feuille.

– Entrez, j'ai besoin de mes lunettes.

Anne-Laure Jean vit débarquer Paule, la mine renfrognée.

– Madame de Saint-Jean ? Avez-vous un souci ?

– Mais qu'est-ce que c'est que cette connerie ! jura son mari. D'où tenez-vous ça ?

– De Madame Renée. Elle est effondrée.

– Tu m'étonnes ! Tiens, lis.

Madame Jean se leva laissant entrapercevoir une plastique fort appréciée du connaisseur qu'était Auguste.

– Mais ?

– C'est dingue ! Renvoyer une concierge de façon aussi triviale !

– Écoutez, je ne suis pas là depuis longtemps…

- *Moi si !* s'amusa Auguste.

– Mais je ne vois pas pourquoi ils mettent fin à son contrat comme ça.

– Surtout sans nous consulter, compléta Madame Jean.

– Mais oui ! Tu as raison ! Ils doivent nous consulter ! Vous avez bien fait de sonner. Dès demain, j'appelle et je prends un rendez-vous.

– Il faudra attendre mardi, demain c'est la Pentecôte. Je doute qu'ils travaillent.

– Merde.

– Remarquez, dit Paule sortant de son brouillard nécessaire à sa réflexion, cela nous laissera le temps de recueillir l'avis des autres propriétaires.

- *Oui, mais nous demain, on ramène les gosses*, lui rappela Suzy.

– Ah oui, scrogneugneu.

– ?

– Je ramène mes neveux dans le Nord.

– Mais je ferai le tour de tout le monde et je vous tiendrai au courant.

– Si cela ne vous dérange pas.

– Ma chère, si cela m'avait posé un souci, je ne vous aurais pas ouvert alors que je suis en pyjama !

Paule remarqua enfin ce détail.

– Oh… je… suis confuse. Je suis désolée, vraiment. Je ne réfléchis pas et…

– Paule, mon mari n'aurait pas ouvert si cela n'avait été vous. Alors, rassurez-vous, vous ne nous dérangez pas.

– Absolument. Juste, si vous venez vers 3 h du matin, laissez-moi le temps de mettre mon dentier !

Paule l'observa et se mit à rire.

– Je patienterai.

– Mais tu n'as pas de dentier ! le sermonna sa femme quand Paule fut partie.

– Oui, et alors ?

Anne-Laure soupira et retourna devant le petit écran. Paule retrouva Abe.

– Oh, mais, je… je suis désolée.

– Moi, pas. Paule, tout va bien. Vous avez fait ce qu'il fallait au moment où il le fallait. Moi, j'en ai profité pour admirer. L'immeuble est impeccable. En y réfléchissant, ajouta-t-il alors qu'ils reprenaient leur ascension, la seule raison qui les pousse à cela, c'est de faire des économies.

- *Des économies de quoi* ? rouspéta Auguste.

– Son salaire.

Elle se tut et reprit.

– Son salaire ne doit pas peser lourd dans nos charges. Donc, il doit y avoir autre chose.

Ils gravirent les marches menant au cinquième quand la porte s'ouvrit brutalement.

– Merci, mon Dieu ! s'écria soulagée Victorine.

La petite Alphonsine criait tout ce qu'elle pouvait tandis que sa jumelle faisait stéréo dans l'appartement.

– Barnabé et moi sommes à bout...

Paule sourit et entra.

– Bonsoir, entrez aussi, vous n'allez pas rester sur le palier !

- *Et nous ?*

– *Ben, nous aussi, pardi !*

– *Ben, je sais pas, ils nous ont pas invités.*

– *Suzy ! Ils ne nous voient pas !*

– *C'est pas une raison.*

Simonetta approuva les réticences de Suzy Suzette.

– *Non, mais n'importe quoi. Et si on peut aider ?*

– *Bon, ben alors, on y va.*

– Eh ben, ma puce, fit Paule prenant Alphonsine dans ses bras, tu as mal où ?

– Je crois que c'est aux dents. Ou au ventre. En fait, j'en sais rien, soupira Victorine dépassée.

– Ah oui, mais oui, moi aussi, répondait Paule aux hurlements d'Alphonsine.

– Maman, fit une petite voix.

Gédéon venait d'entrer les yeux tout gonflés de sommeil.

– Ah, bon, ça va, fit-il en voyant Paule. Bonne nuit.

Et il planta là les invités de ses parents. Victorine regarda son mari qui haussa les épaules. Paule papota avec le bébé pendant quinze minutes, juste le temps pour la petite de s'endormir. Barnabé regarda intensément Paule qui lui prit des bras Mathurine pour la calmer. Quinze minutes plus tard, les deux bébés dormaient profondément, Abe et Paule quittaient l'appartement du cinquième pour l'étage supérieur où ils se couchèrent sans autre forme de cérémonie. Victorine et son mari ne se posèrent aucune question, trop heureux de dormir. Quant à Abe, il entra intimidé dans le Saint Sépulcre de Paule. Il fut impressionné par la tenue de l'appartement : noble, classieux, élégant. À l'image exacte de sa propriétaire. Selon son imaginaire, bien sûr. Le coucher fut sage au grand dam de Suzy.

- *Eh, ben, celui-là, il m'épate. C'est un moine ou quoi ?*

– *Oui, c'est bizarre, hein ?*

– *Moi, je trouve ça très romantique.*

– *Simonetta ! Je veux bien, mais bon, à un moment donné…*

– *Ah, mais laissez-les tranquilles. Auguste, emmène-nous visiter.*

– *Allez, c'est parti. Palais des Ducs !*

Le lendemain matin, Paule se leva et découvrit un message de Julien lui demandant de la rappeler.

– Ah, Paule ! Il m'arrive une tuile !

– Clarisse ?

– Non, non, elle va bien, le bébé aussi. Non, mais un collègue est aux urgences et on m'a demandé de le remplacer. Je ne peux pas t'accompagner dans le Nord.

– T'inquiète, je vais y aller seule.

– Paule, il y a 4 h de route aller et autant retour.

– Ne t'inquiète pas, je ferai des pauses.

– Paule…

– Écoute, va travailler, ça va bien se passer.

- *Un souci ?*

– Julien est d'astreinte. Je raccompagne les enfants seuls.

– Hum.

Elle se retourna.

– Je peux vous accompagner.

– Abe, je…

– Je sais conduire.

– Oui, mais, cela fait de la route et demain vous avez votre journée.

– Parce que vous non ?

– Si, mais ce n'est pas pareil.

Il sourit amusé.

- *Mais, si ! On l'embarque !*

– *Suzy a raison ! Tu ne peux conduire 8 h d'affilée seule.*

– *Je conduirais bien, mais j'ai pas le permis,* intervint ironique Auguste.

– Vous êtes sûr ?

– Certain.

Pierre et Antoinette virent débarquer Paule et son amoureux. Il fit forte impression sur les enfants qui restèrent très silencieux dans la voiture.

– Ça ne va pas ? demanda Abe à Philippe qui se trouvait à côté de lui, Paule étant dans le fond du véhicule vers Rodolphe.

– Si si, répondit timidement l'adolescent.

– C'est vrai que vous êtes l'amoureux de tante Paule ? questionna Brigitte de but en blanc.

– Oui.

– Ça fait longtemps ?

– Non, pas très.

– Ben, faut être gentil avec tante Paule, conclut la petite.

– Promis.

– Et toi, ça fait longtemps que tu es sa nièce ?

La question fit rire les enfants et brisa la glace. Abe découvrit le plaisir — ou pas — du babillage de cinq enfants sur un long trajet. Ils firent une pause à Troyes et apprécièrent le panier-repas bien garni préparé par Antoinette. Peu de temps avant d'arriver à Camphin en Carembault, Paule leur présenta toutes les possibilités.

– Il se peut que votre maman soit là et pas Xavier. Il se peut que votre papa soit là et pas votre maman et il se peut qu'ils soient là tous les deux. Ce que je voudrais que vous compreniez, c'est que cela ne change pas l'amour qu'ils vous portent. Jamais rien ne changera cela.

– C'est quoi le mieux ? demanda Brigitte.

– Le mieux ?

– Oui.

Paule inspira.

– Je pense que le mieux serait qu'ils se séparent quelque temps pour y voir plus clair et savoir s'ils divorcent ou pas. Parfois, on prend des décisions sous le coup de la colère et ce ne sont pas forcément les meilleures.

– Donc, ils pourraient ne plus se voir et après revenir ensemble ? espéra Jacques.

– Oui, c'est une possibilité.

– Et nous, on doit faire quoi ?

– Rien ma chérie, répondit-elle à Cléo. Vivre au mieux la situation. Continuer de jouer, de vous amuser ensemble, de bien travailler à l'école.

Les enfants restèrent silencieux sur les derniers kilomètres et franchirent le seuil de la maison avec une certaine inquiétude. Seul Xavier les accueillit avec une grande joie.

– Paule, laissez-moi seul avec votre frère s'il vous plaît.

- Ah, ben qu'est-ce qu'il veut le doc ?

– On va vite le savoir !

– Auguste, on ne devrait pas rester.

– Simonetta, on reste. De toute façon, ils ne nous voient pas.

– Oui, mais tout de même...

– Sim, t'inquiète ! la rassura Suzy. *S'il dit un truc qui pose problème, on filoche le dire à Paule et hop, elle empêche que ça dérape.*

Paule monta avec les enfants qui s'installèrent sans un mot dans la chambre de Brigitte.

– Pourquoi papa ne vient pas ?

– Abe va discuter avec lui.

– Pourquoi ?

– Je ne sais pas. Abe est médecin, peut-être qu'il va dire des choses utiles à Xavier.

– Oh.

– C'est ton amoureux, alors ?

– Oui.

– Pour tout le temps ?

– Je ne sais pas.

– Ah ? Tu l'aimes pas ?

– Si, mais c'est compliqué. L'amour est un sentiment fort, particulier. Il peut durer comme s'arrêter. Et je ne sais pas si Abe et moi, c'est pour durer ou juste un temps.

– Comment on peut le savoir ?

– Je n'en sais fichtre rien.

– Peut-être qu'un jour, on se rend compte qu'on n'aime plus, suggéra Philippe.

– C'est bien possible.

– Comme quand on aime les épinards et après on n'aime plus ?

– Oui, ma puce, pareil.

– Parce que moi, j'aime pas les épinards, insista Cléo.

– Oncle Raymond non plus.

– C'est vrai ?

– Absolument.

– Moi, j'aime bien Abe, fit Brigitte passant du coq à l'âne. Il est gentil.

– Et beau, compléta Cléo.

Paule sourit.

– Parce que moi, je suis moche ?

– Ben, non, mais c'est pas pareil.

– Allons bon.

– Ben, oui, tu es une fille !

Les enfants éclatèrent de rire ne voyant pas le rapport. Ils défirent les valises pendant qu'Abe partageait son expérience avec Xavier.

– Lorsque j'étais étudiant, j'ai rencontré Andréa. Elle était en deuxième année de médecine et moi en troisième. Andréa est une femme superbe : mince, des cheveux blonds longs, des yeux bleus, une grande intelligence. Elle voulait devenir chirurgienne. La femme parfaite, celle des séries télévisées. Elle était très courtisée, et pourtant, elle est tombée amoureuse de moi. Après six mois, nous nous sommes installés ensemble et nous avons vécu sous le même toit pendant dix ans. Dix ans pour finir nos études, nous installer. Dix ans à entendre nos familles « à quand le mariage ? à quand les enfants ? ». Mais à la fin, alors qu'Andréa envisageait le mariage, je me suis défilé. J'ai cherché par tous les moyens à fuir cette situation, trop engageante. Mais avec le recul, je me rends compte que je fuyais mon absence d'amour.

Xavier écoutait très attentivement les confidences de cet homme qu'il ne connaissait que de nom.

– J'ai trouvé un remplacement dans le Jura. J'ai expliqué à Andréa que c'était l'occasion de voir dans quelle médecine générale je voulais m'investir : ville ou campagne. Cela ne lui a posé aucun problème, étant elle-même dans ses années probatoires de chirurgie. Je suis arrivé dans le Jura, il y a cinq ans. Pour un an. Et j'y suis toujours. Cela m'a plu. Énormément. J'ai découvert une autre façon de soigner, un autre contact avec les patients ; j'ai pris conscience des besoins ; je me suis senti utile. Andréa est venue, a aimé sa semaine de vacances. J'ai prolongé le remplacement et elle l'a un peu mal pris. J'ai argué des besoins, elle a parlé mariage. Les disputes au téléphone ont commencé et j'ai mis fin à cette relation. Je sais que je l'ai faite souffrir et je m'en veux. Terriblement. Mais, je ne pouvais pas revenir à Bordeaux et elle ne voulait pas travailler à Dole. Nous avons laissé parler nos carrières. Quand j'ai rencontré Paule, j'ai dû admettre que j'avais vécu avec Andréa la vie que les autres voulaient pour moi : un médecin avec un médecin. Un beau garçon avec une belle fille. En réalité, je n'ai jamais aimé Andréa. Je l'ai désirée, avec passion. Mais je ne l'ai pas aimée. J'ignore si elle m'a aimé ou si c'était du désir ou la réalisation d'un rêve ou le leurre de se dire qu'un médecin ne peut vivre qu'avec un médecin. Je ne sais pas. Tout ce que je sais, c'est que depuis Paule, je ne me suis jamais senti aussi bien.

Il regarda Xavier.

– Je crois que l'amour est tellement vaste qu'on oublie qu'il peut être tout autre que ce que l'on pensait. Je suis persuadé qu'il est différent aux âges de la vie ; qu'il est lié aux circonstances ; qu'il évolue avec la personne ;

avec les épreuves. Qu'il a besoin d'affinités, de compréhension, de tendresse, d'encouragements pour continuer d'exister. Qu'il doit être entretenu. Et quand il disparaît, il faut se demander pourquoi, essayer de le raviver ou accepter qu'il soit parti. Votre femme et vous avez besoin de temps pour savoir ce qu'il en est réellement. La séparation m'a ouvert les yeux. Je sais que vous souffrez, que vous trouvez cela dur, injuste. Que vous pensez que vous n'y arriverez pas sans votre épouse. Peut-être est-ce vrai. Peut-être est-ce faux. Peut-être est-ce l'occasion de construire quelque chose de nouveau avec elle ou sans elle. La seule chose qui reste vraie est que vos enfants vous aiment et que votre famille est à vos côtés.

– *Ben, la vache !*

– *Pas mieux*, compléta Auguste.

- *Alors, lui, je l'aime ! C'est trop beau ce qu'il vient de dire !*

– *Ouais, enfin faut pas non plus exagérer.*

– *Jaloux !*

Simonetta partit chercher Paule

– *Tu peux redescendre*, l'informa-t-elle.

Gauchement, les enfants se présentèrent devant leur père.

– Asseyez-vous. Non, tu peux rester Paule, au contraire. Abe aussi. Alors voilà. Maman est partie quelque temps pour éviter qu'on se dispute devant vous. On va réfléchir tous les deux à ce qu'on veut. En attendant, votre vie à vous reste la même. Il y aura juste le matin où vous devrez vous préparer seuls.

– Même Rodolphe ?

– Je...

Xavier fut pris au dépourvu.

– Pour Rodolphe, votre maman viendra s'occuper de lui dans la maison et elle vous accompagnera au bus si elle peut.

– Tu crois que

– Oui, Xavier, ne t'inquiète pas. Cécile viendra pour le petit jusqu'à ce qu'il entre en maternelle. Après, Jacques et Cléo pourront l'emmener à l'école avec le pédibus.

– Ah, oui ! Ça, on peut faire !

– On pourrait même rester à l'étude en attendant Philippe et Brigitte ! Comme ça, on rentrerait tous ensemble ! proposa Jacques.

– C'est une excellente idée, approuva leur tante. Bon, moi, je prendrais bien un goûter.

– Moi, aussi ! crièrent trois voix.

– Philippe ?

– Ouais, moi aussi.

– Ah ! Qui m'aide ?

– Moi, hurlèrent cinq voix.

– Bonjour Ernest ! Comment vas-tu ? Moi aussi. Non, tu parles, je me doutais bien. Bah, si, ça a été un peu mouvementé.

– *Euh, il fait quoi là ?*

– *Eh bien, je dirais qu'il fait du sport ?*

– *De la gymnastique, on dirait,* précisa Simonetta.

- *Ah, oui ? Et pourquoi qu'il fait ça ?*

– *Pour épater la galerie !*

– *Auguste ! Je dirais plutôt qu'il en a déjà fait et qu'il essaie de nouveau.*

– *Ah, oui ? Une connaisseuse ?* se moqua-t-il.

– *Avec Mussolini, le choix des sports était restreint. En plus, on avait l'obligation de pratiquer.*

– *On dirait que ça t'a pas plu.*

– *Ce n'était pas le sport le problème, mais plutôt l'idéologie qui allait avec. Hans Matthias a eu les mêmes obligations.*

– *Dans quel but ?* interrogea Suzy, plus pour elle-même.

– *Faire un homme nouveau, si je me rappelle les affiches,* expliqua Auguste. *Un homme fort défendant son pays.*

– *Oh. Aucun intérêt. En attendant, il est doué.*

– *C'est surtout que tu le trouves beau.*

– *Et alors ? Tu crois que les filles avaient le choix ? Au bordel, c'était au tout venant. Crois-moi, la beauté est relative, mais la mocheté est bien réelle.*

Abe continuait ses exercices sous les yeux étonnés de Paule qui discutait avec Ernest.

– J'ai fait de la gymnastique jusqu'en fac. Après, j'avais trop de travail, donna-t-il en explication.

– Je vois ça.

– C'était Ernest ?

– Oui. La Pentecôte est le week-end où il est débordé.

– Pourquoi ?

– Commande et préparation pour des mariages, communions, profession de foi, baptêmes. Porter un chapeau pendant une cérémonie revient à la mode.

– C'est bien pour Ernest.

- *Il va bien ?*

– Oui, il est fatigué, mais content de lui. Sarah était là, alors…

– Ernest a une amie ? ne put s'empêcher Abe. Il n'en parle pas.

– Sarah est sa vendeuse. Je pense qu'elle aimerait un peu plus.

– Pas Ernest ?

– Je suppose que si, s'il arrêtait de se considérer comme un cas perdu.

– *Il faut qu'il aille aux…,* commença Suzy.

– Oui, merci ! la coupa.

– Que ?

– Non, pardon, j'anticipai une éventuelle réplique de votre part.

– Qui aurait été ?

– De lui conseiller d'aller voir des prostituées.

Abe sourit.

– Il n'est pas dit que j'aurais dit cela.

Paule prit le volant et démarra.

– En attendant, une prostituée…

– Abe, de ce côté-là, Ernest fait ce qu'il veut. Simplement, il s'empêche d'aimer, et je trouve ça dommage.

– Vous lui avez dit ?

– Oui. Maintes fois.

– Il ne vous croit pas.

– Non. Mais, vous si, ajouta-t-elle.

– Ben ?

– Xavier était transformé après votre discussion.

- *Faut dire qu'il a dit des trucs trop beaux !*

– Je lui ai simplement parlé de mon expérience. J'ai quitté une femme que je n'aimais pas parce que j'avais mélangé désir et sentiment. Parce que j'avais été influencé par les conseils de ma famille, motivés par leurs attentes.

– Bastien et moi devions sans doute nous aimer, mais dans la réalité, je doute que cela ait duré. Sans Noémie, nous nous serions inévitablement séparés. Sans en souffrir, du reste. C'était un amour de vingt ans.

- *Ben, moi, aucun homme ne m'a jamais aimée.*

– *J'en suis désolée.*

– *Non, mais, j'étais pas faite pour ça. On ne peut pas aimer une putain.*

– Bien sûr que si !

– ?

– Je pensais à Suzy Suzette.

– Qui est-ce ?

- *C'est moi !*

Et elle se planta entre Abe et le pare-brise. Paule lui raconta alors le passé d'Églantine.

– C'est une belle histoire. Triste et belle à la fois. Je suis sûr qu'elle serait heureuse que vous vous soyez intéressée à sa vie.

– Encore faut-il que j'arrive à être éditée.

– Si je puis me permettre…

- *Toi, mon lapin, tu peux tout te permettre ! J'aurais même tapiné pour ta belle gueule.*

Paule étouffa un rire.

– Paule ?

– Non, pardon, je me disais que vous auriez plu à Suzy.

– Ah oui ? Et à vous ? osa-t-il rougissant.

– Vous le savez bien.

– *Ah non !* s'insurgea Auguste. *On ne joue pas ce jeu ! C'est chiant. On se croirait dans un magazine de fille !*

– *Ça, c'est vrai ! Vous pouvez lui dire qu'il a le droit de vous toucher aussi ! Ça salit pas !*

– *Voulez-vous bien vous arrêter tous les deux ! Laissez-les faire comme ils veulent.*

– *Ouais, ben si on devait écrire un roman avec la façon dont ils s'y prennent, on écrirait un pavé de mille pages insipides.*

– *Vous êtes dans mon lit, je rappelle.*

– Oui. C'est vrai. D'ailleurs, il faudra en changer le matelas.

- *Ah, ben, tu es gonflé ! C'est pas avec l'activité que tu y déploies qu'on va l'abîmer !*

– Eh !

– Si ! Il est bon à changer.

– Très bien, j'en achèterai un nouveau. Je vous préviens, il sera dur.

– *Ouais, c'est effectivement mieux !* commenta Suzy qui pensait à autre chose, mais qui fut arrêtée dans son élan par la mine effarée de Simonetta.

– N'empêche que, si je peux conseiller, je vous dirais de passer par l'auto-édition.

– Pourquoi ?

– Une cousine écrit des poèmes et a tenté de nombreuses fois les éditeurs. Il est vrai que la poésie n'intéresse pas grand monde. C'est plutôt un public restreint. Elle s'est donc lancée dans l'auto-édition. Après, je ne sais pas si cela vous conviendra : elle fait imprimer ses livres et les vend dans les librairies qui veulent bien.

Paule grimaça.

– J'avoue que je n'ai pas envie de démarcher des libraires qui me diront du bout des lèvres que cela ne correspond pas à leur clientèle.

Abe se mit à surfer sur son portable.

– Ah ah ! Il semblerait qu'on puisse faire autrement. Là, ils disent qu'on peut utiliser certains sites pour mettre en vente son livre.

– Ah ? C'est pas mal, ça, non ?

– Alors, ils disent que Librinova… ah oui, mais c'est uniquement numérique. Thebookedition qui imprime à la commande. C'est incroyable, la quantité !

– En quoi ça consiste en fait ?

– D'après ce que j'ai lu rapidement : vous réalisez votre livre, ils le publient et l'impriment.

– J'imagine que cela a un coût.

– Attendez, je regarde.

Abe cita rapidement quelques données chiffrées et la discussion se poursuivit sur « mettre en adéquation ce que je veux et ce que les sites proposent ». Quand, ils arrivèrent chez Pierre et Antoinette, ils furent assaillis de questions dont les réponses calmèrent les angoisses. Ce soir-là, ils apprécièrent la douche, le repas léger et se couchèrent de bonne heure, harassés par 8 h de route. Ce soir-là, après avoir, par inadvertance, vu Paule sortir de la salle de bains court vêtue, le désir naquit. Abe, en confiance, amoureux, laissa tomber ses inquiétudes et devint l'amant de Paule. Aux premiers gestes, Suzy comprit.

– *Ah, ben, ça me rassure,* lâcha-t-elle.

– *Ça te rassure de quoi ?*

– Abe. Je sais pourquoi il ne touchait pas Paule.

– Allons, bon. On a Miss Marple© parmi nous, s'amusa Auguste intrigué.

- Non, Môsieur, je suis pas cette miss machin-chose. Le Abe, là, il lui faut du temps. C'est tout. C'est un timide, quoi. Il a peur de mal faire.

– Je comprends rien et je suis pas sûr d'avoir envie de comprendre.

Simonetta, elle, comprit.

- Bien, puisque notre aimable colocataire est occupée, je vous propose d'aller visiter le musée archéologique et le musée Magnin[1].

– Vendu !

Abe partit de bon matin sans éveiller Paule, mais au grand plaisir d'Émeraude qui put reprendre sa place auprès de sa maîtresse. Elle eut un regard plein de dédain pour celui qui l'avait privée de sa place. Il descendit les six étages un sourire aux lèvres qu'il garda toute la journée.

- Ben, lui, au moins, il a profité, s'amusa Suzy.

– Ouais pas comme le chat qui a l'air un peu en colère.

Les trois âmes attendirent le réveil de la Belle au bois dormant en papotant sur tout et rien.

---

[1] Musées de Dijon

– *Alors ?* s'écria Suzy impatiente.

– Gnoupf ?

- *Bon, c'était comment ?*

– *Suzy !* la sermonna Simonetta.

- *Ben quoi ? Je me renseigne. Si jamais tu as besoin de tuyaux, tu me demandes. Je maîtrise.*

Auguste s'esclaffa et enjoignit à ses amies de laisser Paule émerger. À peine le petit déjeuner ingurgité, elle descendit à son bureau et reprit ses dossiers en cours. Sylvain Beaufort avait vanté ses mérites à un entrepreneur en bâtiment. Sa branche recherche-développement s'était spécialisée dans le matériau bio, recyclable, économie d'énergie. Paule lui cherchait des placements rentables ? rapidement et en adéquation avec l'ambition bio du patron. Elle y consacra sa journée et fut assez satisfaite de ses investigations. Elle avait trouvé, en effet, deux entreprises prometteuses : Glowee[2] qui développait un système d'éclairage à partir de micro-organismes vivants produisant leur propre lumière. Ces micro-organismes sont encapsulés dans une fine bulle qui peut se fixer sur des surfaces vitrées, l'idéal pour le bâtiment et jolie vitrine pour l'entreprise ; Globalbioenergies[3] qui fabriquait des hydrocarbures à partir d'un gaz obtenu par fermentation de biomasse offrant la possibilité de créer des produits « éco-

---

[2] Existe réellement.
[3] Existe réellement.

responsables ». Le soir, elle dîna avec Ernest rentré la veille.

– Alors ? Tes trois jours ?

– Épuisant ! J'ai dormi toute la journée, je dois me faire vieux.

Elle lui sourit.

– Ou peut-être ne t'accordes-tu pas assez de repos.

– C'est toi qui dis ça ! Et toi ? Bastien ?

Paule lui narra dans le détail les événements qui avaient alimenté la Pentecôte.

– Eh, ben, vous ne faites pas dans la dentelle. Remarque, c'est bien que Bastien soit venu. Il aurait dû ne jamais partir, mais bon, on ne peut pas effacer le passé.

– Non. Il m'a dit avoir vu oncle Raymond.

Ce fut Ernest qui sourit cette fois-ci.

– Ah oui. Et lui non plus n'a pas fait dans la dentelle.

– Tu le savais !

– Oui.

– Et tu ne m'as rien dit !

– Paule, tu avais bien d'autres soucis en tête. Et pis, tu n'étais pas accessible.

– J'ai été si pénible que cela ? demanda-t-elle inquiète.

– Non ! Non ! Pas du tout. Tu étais ailleurs, c'est tout. On ne te l'a pas dit pour ne pas réveiller ton chagrin.

- *Il est bien ce petit !*

– Je vais dans le Jura pour le reste de la semaine. Tu viens ?

– Je dois aller en Suisse demain.

– Oh.

– Réunion annuelle ou un truc du genre. Tout le monde est convoqué donc j'imagine que c'est la réunion bilan.

– Ça a l'air enthousiasmant.

– Le groupe H redéfinit sa politique, j'imagine. L'un des directeurs est parti en retraite, on doit nous présenter le nouveau.

– Ouh la, une intronisation ! se moqua-t-il. Il te faut un chapeau !

– Absolument !

Ils passèrent le reste du repas à faire des projets dans le Jura et à déterminer le type de chapeau dont Paule allait avoir besoin. Ils optèrent pour un béret gavroche gris nuancé de rouge, Paule portant un ensemble gris décontracté. Il fut difficile de savoir si ce fut sa tenue, son gavroche, sa voiture ou son altercation qui marquèrent l'assemblée, mais ce mercredi de juin, le groupe H prit une décision radicale dont il se mordrait les doigts plus tard, mais ça, il ne le savait pas. Chloé avait demandé à Paule de lui donner les dates de ses voyages en Suisse. Elle avait estimé, en accord avec Sylvain Beaufort et sa femme Chantal, que la 403, c'était bien, mais uniquement pour le Jura. Discrètement, la 203 n'étant pas terminée, elle avait scruté les voitures pouvant correspondre au standing de Paule et avait déniché une Jaguar, décapotable, 1968 vert foncé. « E-Type OTS, série 1.5. Et ce n'est pas la peine de me dire non ! C'est fait, c'est fait. C'est votre voiture pour le travail. » avait-elle asséné. « En plus, elle va nous servir de panneau publicitaire gratuit, je n'ai même pas eu beaucoup de travaux dessus et l'assurance est peu chère ». Chloé avait ajouté un macaron, discret, mais explicite à l'arrière du véhicule « Garage Vintage Mondrieu, tout type de véhicules anciens, rue des Aubépines, Dijon ». Paule céda et constata que la Jaguar faisait de l'effet. Quand elle arriva, elle stupéfia tous ceux qui l'avaient déjà croisée et Auguste capta un « Ben, tu vois, elle est comme tout le monde, elle s'est mise au luxe » qu'il s'empressa de lui répéter.

– Je vois.

La réunion avait bien pour but de présenter le nouveau directeur, le troisième dans l'ordre hiérarchique de la direction. Tous les analystes étaient là, ainsi que les conseillers, les gestionnaires et les trois plus gros actionnaires du groupe. Parmi eux, Viviane Atwood, originaire de Virginie, issue d'une famille de planteurs qui avaient su se reconvertir, quand il le fallut, dans le caoutchouc. De là, la famille avait grandi avec la restauration rapide, les hôtels, la presse, les médias, l'immobilier, la haute technologie. Une fortune, certes petite, au vu de celle du patron d'Amazon™, mais qui permettait à Viviane de vivre au-delà du confort et de laisser un patrimoine de plusieurs centaines de millions de dollars à ses enfants. Viviane était une femme d'action. Elle n'aurait jamais laissé sa fortune à un étranger sans vérifier elle-même l'usage qui en était fait. La crise de 1929 avait laissé la famille Atwood sans un sou, l'obligeant à se reconstruire. « Aux forceps » lui avait raconté maintes fois sa grand-mère. La vieille Madame Atwood était passée du luxe le plus ostentatoire à la pauvreté la plus notoire. Les Atwood s'étaient retroussé les manches et avaient cumulé les petits boulots dégradants et mal payés. Quand la guerre arriva, les hommes s'engagèrent, les femmes compensèrent leur absence par leur travail. De retour aux pays, le grand-père Arnold plaça ses premiers sous. Qui firent des petits et finalement charrièrent des flots de dollars.

Viviane était fière de ce passé, mais comme toute personne ayant réussi, elle l'avait oublié. Ce fut Paule, ce jour-là, qui le lui rappela. La séance se déroulait tout à fait normalement — rappel du passé de celui qui quittait le groupe, applaudissements sur ses actions, présentation du nouveau — quand vint le moment des orientations. Pour les présenter, un jeune cadre monta sur l'estrade et expliqua les attentes. Pour bien se faire comprendre, il usa d'un exemple pratique. Les trois âmes avaient laissé Paule seule pour lui éviter de se faire remarquer en répondant à leurs sollicitations et se tenaient à présent dans le fond de la salle. Elle sentit leur présence, mais sans que cela gênât son attention. Car elle était devenue soudain très attentive. Elle connaissait ce milieu mieux que quiconque et elle savait ce que signifiait l'intervention de ce jeune homme tout frais émoulu du sérail. Si la direction ne présentait pas elle-même ses orientations, c'est qu'elles changeaient. Et pas en bien dans ce qu'elle entendit. Elle écouta les réponses aux questions pour bien saisir les tenants et les aboutissants, puis leva la main.

– Paule Maréchale de Saint-Jean. Vous avez conscience qu'en agissant comme vous l'avez fait, vous avez sans aucun doute amené quelques entreprises à la faillite, les obligeant à vendre au plus offrant ou à licencier ?

Le jeune loup lui offrit son sourire le plus carnassier.

– Notre travail, Paule, consiste à faire vivre le patrimoine de nos clients.

– Peu importe les conséquences en somme. Notre travail, en réalité, consiste à faire circuler l'argent. À le répartir équitablement pour que chacun ait sa part.

Un brouhaha se fit entendre, hostile à Paule. « Vas-y Cosette ! » « Pour qui elle se prend » « C'est gonflé pour quelqu'un qui vient en Jaguar ».

- Vas-y Paule ! Pète-leur la gueule ! C'est que des couilles molles ! l'encouragea Suzy Suzette.

– Paule, répondit le jeune arriviste avec condescendance,

– Madame Maréchale de Saint-Jean, le reprit-elle.

– Si vous voulez, votre quête est noble, mais dans ce cas, il vous faut changer de métier.

– De groupe, en fait, rectifia-t-elle.

Il lui sourit.

– Mais faites, le groupe H n'a pas réellement besoin de vous. Je suis sûr que si j'appelle vos clients, ils viendront vers moi.

La menace était réelle. L'ambiance de la salle changea. Un voile d'angoisse, du suspens, d'inquiétude saisit tout le monde. Car la menace s'adressait aussi à tous.

– Maintenant, asseyez-vous et passons à la suite, fit l'un des directeurs comme si la réaction de Paule n'était que la lubie d'une femme proche de la ménopause.

Paule resta debout.

– Est-ce la nouvelle politique du groupe ? demanda-t-elle posément.

– La politique du groupe est de faire fructifier l'argent de ses actionnaires et de ses clients. Ce que tout banquier doit faire, trancha acerbe le directeur.

– Bien.

Elle se leva et posant la main sur la poignée de porte :

– Appelez mes clients et prenez-les. Ceux qui vous correspondent vous suivront, les autres resteront avec moi. Pour ma Jaguar, ajouta-t-elle en regardant la personne qui avait porté ce jugement, au lieu de parler dans le vide, vous auriez pu remarquer le macaron à l'arrière qui précise que c'est une voiture restaurée que l'on m'a prêtée parce que ma 403 ne faisait pas assez chic. Quant à Cosette, relisez les Misérables. Vous y découvrirez que Jean Valjean, sauvé par l'abbé Myriel, a utilisé l'argent de la vente des candélabres non pour son profit personnel, mais pour créer une usine donnant du travail aux ouvriers mieux rémunérés, notamment les femmes. Il s'est enrichi en faisant le bien et a sauvé Cosette de la pauvreté. Par reconnaissance de la bonté dont il a bénéficié. Une pensée qui semble vous échapper.

– Ne me faites pas la leçon à moi ! tonna le jeune cadre. J'ai trimé pour arriver où je suis !

– Trimé ? Comment ? Parce que vous étiez boursier ?

Le coup porta.

– Que savez-vous du travail ? Rien. J'ai vu mes parents, tous les jours de leur vie, se lever à 3 h du matin pour leur épicerie. Et avant que vos ricanements ne s'élèvent, je n'ai que faire de votre mépris de classe. Je sors de la meilleure école de commerce, je suis aussi performante que vous.

– Avec les dossiers foireux dont vous vous occupez ? Vous ne rapportez rien au groupe !

– Oh que si ! Je fais ce que vous considérez comme la sale besogne, celle des dossiers qui ne rapportent rien, qui ne font pas gravir les échelons, mais cela m'est égal. Mes clients ont besoin d'avoir accès à des opportunités correspondant à leur niveau. C'est pour cela que j'ai été embauchée. Mais je ne veux pas travailler pour un groupe qui peut licencier juste pour remplir des poches déjà pleines. Appelez mes clients, faites votre travail, je ferai le mien.

Elle quitta la salle, laissant un léger malaise que le jeune cadre dissipa avec des plaisanteries humiliant Paule.

– Qui est cette femme ? demanda Viviane Atwood lorsque le comité de direction se retrouva dans l'intimité.

– Paule Maréchale de Saint-Jean ? Nous l'avons recrutée grâce à un chasseur de têtes qui nous en avait dit le plus grand bien. Il faut croire qu'il s'est trompé.

Viviane Atwood ne répondit rien. Ce qui ne fut pas sans inquiéter l'un des membres du conseil. Il connaissait Viviane. La même trempe que Moritz. Moritz que personne n'avait réussi à débaucher à part Paule. Paule, quant à elle, n'avait pas claqué la porte sans avoir vérifié les différentes options qui s'offraient à elle. Elle pouvait vivre décemment avec son salaire de gestionnaire de patrimoine de la banque Rothschild. Elle savait pouvoir compter sur la fidélité de huit clients. Et ils furent huit à rester. Les vingt-deux autres s'excusèrent platement ou la disputèrent parce qu'elle ne leur avait pas proposé les gains que le groupe H venait de mettre sur la table, ce dont elle n'eut cure. La banque Rothschild l'appela craignant qu'elle ne démissionnât de chez eux et poussa un soulagement quand elle leur expliqua que telle n'était pas son intention. Le départ de Paule signifiait le départ de Moritz et son carnet d'adresses. Moritz qui appela aussi, mais pour la féliciter.

– Ma chère, on m'a rapporté vos paroles. Vous avez eu du cran. Vraiment. Je suis fier de vous avoir comme gestionnaire. Et maître Aberfeld aussi.

– Et moi aussi ! dit une voix féminine derrière lui.

- *Ah ben, voilà ! Bon, on n'est pas pauvres quand même ?* s'inquiéta Suzy.

– Non, Églantine, on a de quoi vivre. Simplement, je mettrai moins d'argent de côté.

– *Oh, ben ça va. Moi, j'ai jamais pu mettre un radis de côté. Par contre, je vivais bien. Enfin, tu vois, mieux que certaines filles.*

Sur le chemin du Jura, ils partagèrent ce qu'ils avaient vu en Suisse.

– *N'empêche, ça monte et ça descend.*

– *Ce sera l'épitaphe helvétique.*

La nuit étant fort avancée, ils firent halte aux Hays pour le plus grand plaisir d'Émeraude qui trouvait le temps long. Ernest l'avait embarquée afin qu'elle ne reste pas longtemps seule dans l'appartement.

– *Eh ben, ça va ! Vas-y que je papote avec la chouette !*

– Auguste, elle s'appelle Ermentrude !

– *Sans déconner, Paule ! C'est une chouette !*

Paule se coucha dehors dans son sac de couchage avec Émeraude.

– Ermentrude, tu vis ta vie, mais pas de serpent à proximité.

Pour toute réponse, ils perçurent un chuintement.

- *Elle doit être d'accord.*

Suzy, Auguste et Simonetta se mirent un peu à l'écart et observèrent la nuit étoilée. Ils se sentaient bien ici.

- *Dites, si mon livre paraît, ça veut dire que ta promesse est tenue ?*

– *Ben je crois.*

– *Ah.*

– *Ben, ça te fait pas plaisir ?*

– *Si, mais…*

– *Quoi ?*

– *Non, rien.*

– *Suzy !*

– *J'ai pas envie d'aller là-haut.*

Auguste et Simonetta se regardèrent.

– *Personne ne t'y oblige,* commença Simonetta.

– *Oui, mais le livre sera fini…*

– *Ben, oui et alors ?*

– *Ben, j'avais dit qu'une fois le livre écrit, je remontais.*

– *Oui, ben, on a qu'à dire qu'il n'est pas fini.*

– *Comme si les Parques s'en rendraient pas compte !*

Ils se turent.

- *Auguste, pourriez-vous demander aux Parques ?*

– *Simonetta… Oh et puis merde, j'y vais !*

Paule fut réveillée par un bruit de portières et des voix masculines. Les yeux bouffis de sommeil, elle s'extirpa de son sac et se dirigea vers la maison où elle découvrit Goran admirant la Jaguar. Les deux ex-soldats se retournèrent en entendant du bruit et rougirent de voir Paule en pyjama.

– Bonjour.

– Paule ! Fallait nous dire que vous veniez, on serait venus un autre jour.

– Mais non. C'est très bien comme ça. Vous en êtes où ?

Ils ouvrirent et la firent entrer chez elle. Le rez-de-chaussée était terminé. Il ne restait que la plomberie de la cuisine et l'installation du ballon d'eau chaude. Les murs, l'électricité, le sol, tout était net.

– Vous méritez vraiment votre argent, leur dit-elle appréciant la qualité du travail.

– Francis dit que nous apprenons vite.

– Je confirme. Il vous reste tout l'étage alors ?

– Oui. Électricité seulement. Les murs sont faits. On a laissé le grenier comme vous le vouliez. On va juste vérifier les poutres et les vernir contre les vers.

– Vous ferez attention, Ermentrude dort là-haut.

– Qui ?

– Une chouette effraie.

Les deux Serbes se regardèrent mi-intrigués, mi-amusés.

– *C'est vraiment beau*, s'extasia Simonetta. *Tu as eu raison de demander à casser l'enduit. La pierre est magnifique.*

– Est-ce qu'il y a l'eau ?

– Oui.

– Bon, je vais aller prendre une douche.

– Euh, Paule, l'eau sera froide.

– Comme ça, je ne resterai pas des plombes dessous.

Ils rirent et admirèrent son courage de se laver à la dure.

– Oh, punaise.

- *Doucement, fais couler l'eau petit à petit*, lui conseilla Simonetta.

Un avis très avisé. Ce fut quand elle commença à se savonner que Suzy remarqua qu'il n'y avait pas de porte.

– *Ben, merde !*

Elle fut d'autant plus impressionnée quand elle vit que les deux hommes ne venaient pas la reluquer.

– *Ah, ben, en même temps, ils sont en train de tuyauter je sais pas quoi dans la cuisine.*

Quand Paule les rejoignit, ils lui proposèrent du café.

– Euh, alors, je crois que vous et moi, on n'a pas la même définition du mot café, fit-elle après l'avoir goûté.

Ni une ni deux, elle en refit avec ce qu'elle avait dans son panier et leur fit ainsi découvrir le vrai goût du café.

– Ben ça, fut tout ce qu'ils trouvèrent à dire.

Auguste déboula à ce moment-là et annonça tout de go que les Parques acceptaient de faire une pelote du fil de mort de Suzy « si on écrivait un livre sur elles ». Paule en resta coite.

– *C'est vrai, je peux rester ?*

– *Et comment !*

Suzy battait des mains et sautait partout au grand amusement de ceux qui la voyaient.

– *Merde, ça te dérange pas que je reste ?* demanda-t-elle soudainement inquiète.

– Bien sûr que non.

– Vous dites ?

– Rien, Goran, je parle seule.

– D'accord.

Elle les quitta pour aller chez Justin. Sa voiture, garée devant chez eux, fit sortir quelques curieux et notamment le docteur qui se précipita pour l'embrasser, ignorant la merveille cylindrée.

- *Lui, au moins, il connaît ses priorités.*

Quand il la vit, Justin lui laissa le temps de faire la bise à Marie Simone puis l'embarqua vers la grange remplie de meubles.

– Je vais avoir fini tes volets. Est-ce que tu pourrais choisir tes meubles pour qu'on les installe ?

– On peut le faire ces jours-ci pendant que je suis là ?

– Non, ma puce. Tes Serbes ont repéré des gars pas nets tournant autour de la maison. On mettra des meubles quand j'aurai installé tes volets et la sécurité qui va avec.

– Des gars pas nets ?

– Oui. Ils ne savent pas s'ils préparent un vol ou un squat.

– Carrément !

– *C'est quoi un squat ?*

– Des gens qui s'installent dans une maison inoccupée.

– *Ben, c'est cool, eux ! Pourquoi qu'ils font ça ?*

– Pour certains c'est pour démontrer la pénurie de logements, pour d'autres c'est pour emmerder celui qui est plus riche, pour d'autres encore, c'est par désespoir.

– *Ouais, ben, je peux te dire qu'à notre époque, ils auraient pas duré longtemps, hein Auguste ?*

– *C'est sûr. Les condés s'en seraient chargés.*

– Ne vous inquiétez pas, dit-elle à Simonetta dont le visage marquait une certaine appréhension, ça n'arrivera pas.

Justin était parti dans le fond de la grange.

– Eh, ben, Poussinette, tu viens ?

– Oui, pardon.

Paule choisit une très grande table en chêne massif, des chaises du même acabit, des meubles de cuisine des années soixante. La cuisinière à bois pour chauffer la maison et préparer les repas, des crapauds pour la partie salon et des lits dont Justin promit d'allonger les cadres, Paule voulant être à son aise. Divers meubles, disparates, pour servir dans les salles de bains, des armoires en métal pour le cellier, des armoires bressanes pour les chambres et la bibliothèque de son bureau. Après le repas, Ernest, enfin réveillé, accompagna Paule aux Hays où oncle Raymond devait les rejoindre pour continuer son « vidage de trucs qu'on ne sait pas ce que c'est ». Elle garda pour elle son altercation avec le représentant du groupe H, mais elle ne put le cacher longtemps à son ami.

– Quels cons !

- *Pas mieux.*

– Tu vas faire quoi ?

– J'ai toujours ma clientèle.

– Je parlais pour leur montrer ce que tu vaux.

– Ce que…

– Paule, c'est un merdeux ! Tu dois lui mettre le nez dedans !

– *Ben, dis donc !*

– *Ah, là, il se lâche le coco.*

– Ah quoi bon.

– Ah non ! Tu as fait de grandes études, tu es une des meilleures, donc tu dois les écraser ! Il faut que tu fasses un coup en or ! Un coup, où ils se diront « ah merde, si on avait eu de la morale, on aurait pu le faire ».

– Eh ben, gamin, de quoi tu causes, demanda oncle Raymond, un pan de fenêtre à la main.

– Paule ne veut pas se venger !

– Raconte.

Elle raconta dans les grandes lignes.

– Ernest a raison. Montre-leur ce que sont les Maréchale ! Ce que c'est de se lever à 3 h du matin !

– Il faudrait que j'aille en bourse !

– Eh bien vas-y ! Tu l'as déjà fait !

– Tu as déjà boursicoté ?

– Oui !

Ernest raconta alors qu'il avait besoin d'argent pour se trouver un logement.

– Paule a joué en Bourse et ça m'a rapporté trois fois ma mise.

– Eh ben, tu as eu de la chance.

– Oncle Raymond ! se fâcha presque Ernest. Ce n'était pas de la chance ! C'était du flair ! Irina et Gabrielle l'ont dit !

Se tournant vers son amie

– Elles ont toujours dit que tu étais douée ! Tu n'as qu'à t'y remettre.

– Ernest, en Bourse, tu peux gagner gros et perdre tout autant.

– Ah oui ? Et combien de fois as-tu perdu ?

– Ça ne compte pas, je l'ai très peu fait.

– Dans ce cas, réessaie.

– Oncle Raymond…

– Si. Tu essaies sur une petite somme, comme ça, pour t'entraîner et après tu mets le paquet.

– Et le groupe H, dans les dents !

- Ils ont raison. Vous ne risquez rien. Montrez à ce petit con la différence entre le gain immédiat et l'intelligence.

– Je ne sais pas. Je vais réfléchir.

– Ouais, ben en attendant, j'aurais besoin d'aide, quémanda oncle Raymond.

Ernest se proposa tandis que Paule soignait ses arbres et discutait avec Suzy de l'opportunité d'un jardin et d'un potager.

– Elle est rigolote à parler toute seule, commenta Goran.

Le soir même, pour se convaincre qu'elle avait raison de ne pas toucher à la Bourse, elle y jeta un œil et le lendemain, misa une petite somme. « Pour voir ». Ce fut vite vu, la somme doubla. « Coup de chance ». Qu'elle renouvela. « Non, mais, c'est bon, c'était un coup facile ». Du coup, elle s'arrêta. Jeudi, oncle Raymond était encore dans le hangar tandis qu'Ernest était allé dans les bois avec le colonel pour dessiner des oiseaux. Paule continuait ses projets de potager et de jardin en débroussaillant le verger. Soudain, oncle Raymond cria plus fort que la machine. Un panier sur la tête, il faisait de grands gestes qui ameutèrent sa nièce et les deux Serbes.

– Regardez ce que j'ai trouvé !

Paule eut une hésitation.

– Un panier ?

– Un ? Oh, mais non, fit-il prenant conscience de son couvre-chef, viens voir !

Paule entra et vit une moitié de capharnaüm.

– Ben…

– Rho. Eh, les gars, filez-moi un coup de main.

Un fracas se fit entendre quand les trois hommes sortirent une carriole en bois.

– Une Choillot® !!!! s'écria Paule battant des mains.

Goran et Darko se regardèrent stupéfaits.

– C'est une Choillot® ! insistait-elle.

– *Non, mais je crois qu'on a compris l'idée, mais là…*

– Mais si ! Pour transporter ! Tu crois que je peux l'accrocher à mon vélo ?

– Ah ben, ça gamine, faut voir avec ta mécano.

– Parce que vous voulez…

– Oui, c'est comme un triporteur ! Mais à l'envers.

– Bien sûr. Bon, ben, nous on va terminer la plomberie et installer le ballon d'eau chaude.

– Besoin d'aide ?

– Non, ça va aller, oncle Raymond. Restez vers Madame Paule et sa… son… enfin, voilà.

– Laisse, gamine, ils sont jaloux. Bon, voyons tout de même si elle est en état. Pneus crevés, ça m'aurait étonné. Le bois a l'air pas mal. Je crois qu'on peut en faire quelque chose.

– Trop cool.

- *Ouais, ben, moi, je dirais que notre Paule, elle a quand même un grain.*

– *Là, je me range à l'avis de Suzy.*

– *En tout cas, elle n'est pas à moi,* précisa Simonetta

Septembre

Sœur Marie-Odile aperçut Paule assise sur un banc le corps secoué de sanglots. Elle pinça les lèvres sachant très bien pourquoi elle était là : Pierre avait appris la mort soudaine de son frère cadet et l'enterrement avait eu lieu la semaine passée. Paule n'y était pas allée afin de pouvoir garder les enfants de Xavier chez leurs grands-parents pendant les deux mois des vacances scolaires. Pierre, Antoinette et Julien étaient partis en Charente rejoints par Raymond, Justin et le colonel, venus soutenir leur ami dans cette épreuve. Xavier, lui, avait posé deux jours pour se rendre à Saint Claud, lieu de l'inhumation. La mort de Maurice avait réveillé de vieilles douleurs d'autant qu'elle était inattendue. L'onde de choc avait mis une semaine pour atteindre réellement Paule qui, comme à chaque fois, trouvait refuge dans l'église. Sœur Marie-Odile était jeune religieuse quand elle avait fait la connaissance de Paule et d'Ernest.

– *Je demande quoi alors ?*

Ernest lui chuchota à l'oreille.

– *D'accord. Bon, ben, bonjour Sainte Vierge, moi c'est Paule Maréchale de Saint-Jean et lui, c'est mon ami Ernest Villorin. On vient pour vous demander si vous pourriez demander à la maman d'Ernest, qui est vers vous là-haut, de venir faire un bisou à Ernest le soir avant qu'il s'endorme. Voilà.*

– Tu crois que ça suffit ? demanda-t-il.

– Ben, oui, non ?

Ernest haussa les épaules. Se préparant à sortir, il avisa le Christ sur la Croix.

– C'est qui ?

– C'est Jésus.

– Ah.

– C'est le fils de la Vierge.

– Ah.

– Tu le savais pas ?

– Non. Je vais pas à l'église.

– Oh. Pourquoi ?

– Je sais pas. On n'y va jamais.

– C'est peut-être parce que ta maman, elle est morte.

– Peut-être.

Sur le chemin, ils s'arrêtèrent devant le baptistère.

– C'est quoi ?

– Ah ben, ça je sais pas.

– Un baptistère. Là où on baptise les enfants.

Ils se retournèrent vivement et firent face à une religieuse.

– Bonjour ma sœur.

– Bonjour mademoiselle.

– Bonjour, murmura Ernest.

– C'est rare de voir deux enfants tout seuls dans une église.

– Ma maman le sait. On devait parler à la Vierge.

– Oh.

– Le truc, c'est qu'elle parle pas. Du coup, on va pas savoir.

– Savoir quoi ?

– Si la maman d'Ernest a eu le message.

– Quel âge avez-vous ?

– Sept ans !

– Tous les deux ?

– Oui, on est amis et dans la même classe. Moi, c'est Paule et lui, c'est Ernest.

– Je suis sœur Marie-Odile. Je suis une religieuse, précisa-t-elle, lisant l'incompréhension dans le regard du petit garçon. Je vis pour Dieu. Et pour répondre à ta question, je suis sûre que ta maman a entendu votre prière.

– Ah, ben, ça c'est cool. Parce que des fois, on sait pas avec les grandes personnes.

La religieuse sourit.

– Et ça sert à quoi déjà ça ?

– À baptiser les enfants.

– Ah, oui. Moi, je m'en rappelle pas.

– C'est normal, Paule, tu étais bébé.

– Ah, oui ? C'est que les bébés ?

– Oui.

– Bon ben, alors oui.

– Comment on le sait qu'on a été baptisé ? *interrogea Ernest.*

– Le parrain et la marraine offrent un bijou : une médaille et souvent un bracelet avec le prénom de l'enfant.

Sœur Marie-Odile le vit réfléchir intensément.

– Paule ! Mais, c'est pas vrai ! On avait dit cinq minutes !

La petite rentra la tête dans les épaules.

– C'est ma faute, *s'excusa la religieuse,* je discutais avec eux.

– J'espère que Paule ne vous a pas embêtée avec son babillage. Dès qu'elle commence, on ne peut plus l'arrêter.

– On parlait des baptêmes, lui expliqua sa fille dans la voiture.

La famille de Saint-Jean découvrit en racontant l'histoire du baptême du Christ qu'Ernest n'avait pas de culture religieuse et, scandale pour cette famille de pratiquants, qu'il n'était pas baptisé. Le monde des de Saint-Jean se mit en branle et avec l'accord du père d'Ernest, qui se contrefichait de la religion et de ce qui pouvait bien arriver à son fils, organisa le baptême du petit garçon de sept ans. Justin et sœur Marie-Odile — une idée de Paule — officièrent en tant que parrain et marraine. Depuis ce jour, la religieuse appartenait de plein droit au clan des de Saint- Jean.

Depuis quarante ans, Paule, quand elle éprouvait du chagrin, posait toujours les mêmes questions : pourquoi on nous prévient pas ? Pourquoi on sait pas à l'avance ? Pourquoi c'est pas que les personnes âgées ? Pourquoi ça fait souffrir ? Pourquoi on pleure si le mort est désormais heureux ? Pourquoi on sait pas ce qui se passe après ? Pourquoi la messe est triste ? Où vont les gens après ? Est-ce qu'on en est sûr ? Avec la mort de sa fille, les questions avaient changé et s'étaient tournées vers une forme d'injustice lui faisant quitter les bancs de l'église. N'y revenant que pour épancher son chagrin, seule. Sœur Marie-Odile avait pris l'habitude de s'asseoir à ses côtés et d'attendre que les sanglots s'apaisent pour, de sa voix douce, consoler, par les paroles qui lui venaient, la douleur. Elle savait qu'aujourd'hui, ses paroles pourraient la toucher tout comme elle savait qu'à la mort de Noémie rien n'avait pu la soustraire au chagrin. Et sœur Marie-Odile n'avait même pas essayé.

Elle avait prié pour Paule. Tous les mois, comme le voulait son ordre, elle recevait un appel de son filleul. Ce fut elle qui lui conseilla une aide plus scientifique pour dépasser sa peine et elle constata avec plaisir que cela avait fonctionné, Ernest suivant le culte désormais à Paris. Et depuis un an, à Dijon. Paule pas encore. En même temps, elle sourit à ce souvenir, la petite n'était pas fan de la liturgie « C'est triste. On fête Dieu en pleurant, c'est nul ». Mais Dieu étant partout, elle savait que Paule le portait en elle. Elle fit donc comme à son habitude, elle s'approcha, s'assit, écouta les questions qui émergeaient des reniflements, puis trouva les mots. Paule sortit vide, mais calme de l'église.

– *Vous savez que c'est la première fois que je rentre dans une église !* lâcha une Suzy Suzette à la fois timide et impressionnée.

– *Vraiment ?*

– *Ouais, comme je vous le dis. P'têt que j'ai été baptisée, j'en sais rien, mais en tout cas, j'avais jamais mis les pieds. Ni vivante ni morte.*

– *Nous y allions tous les dimanches jusqu'à Mussolini. Pendant la guerre, du fait de Hans Matthias, je n'étais pas la bienvenue.*

– *Ben, moi, j'y ai jamais cru. Ben oui ! On nous vend un truc dont on voit rien. Bon, maintenant, j'ai changé d'avis, c'est sûr, mais je serais eux, je changerais ma campagne publicitaire !*

Les deux femmes sourirent.

– Ouais, ben en attendant, ça lui a fait du bien de venir. Elle est sympa la frangine, constata Suzy.

– C'est souvent le cas.

– Oh là ! T'as pas rencontré les cornettes qu'on croisait ! La vache ! Le sermon qu'on se prenait à chaque fois. Genre qu'on était des filles de mauvaise vie, avec de sales penchants. Tu parles ! On a toutes rêvé de passer notre vie les fesses en l'air ! Quelles mijaurées ! On avait le droit à une sortie par semaine et pas n'importe où et fallait qu'on se fasse emmerder par les scies à métaux !

– Ben, Auguste, tu viens ?

– Ouais.

– Quoi ?

– Le gars là-bas, c'est pas la première fois que je le vois. On dirait qu'il surveille Paule.

Suzy l'observa.

– C'est vrai qu'il a l'air louche. Sim, tu restes avec Paule, on va le suivre.

– Ça peut être dangereux, répondit cette dernière.

– Tu es une comique. Que veux-tu qu'il nous arrive ?

– Très bien, mais faites attention quand même.

– Asseyez-vous Stephen. Désirez-vous une bière ?

– Oui, merci.

Stephen Wasserdorf était confortablement installé dans le salon de Viviane Atwood. Il était son détective privé depuis vingt ans. La grand-mère de Viviane lui avait enseigné qu'on ne pouvait faire confiance à quelqu'un que lorsqu'on le connaissait parfaitement. « Et encore », avait-elle ajouté. Les Atwood ayant construit une fortune colossale pour l'époque et ayant connu les affres de la pauvreté se méfiaient des opportunistes et des carriéristes. Une richesse si durement gagnée de ne devait pas être perdue sur un coup de tête ou du fait de dépenses futiles. L'argent appelle l'argent. La prestation de Paule l'avait fortement impressionnée, plus qu'elle n'aurait voulu l'admettre, aussi avait-elle mandaté Stephen afin qu'il prenne des renseignements sur cette femme capable de renoncer à un emploi très bien rémunéré pour des raisons éthiques.

– Je vous écoute.

– Paule Maréchale de Saint-Jean, née en 1971, divorcée, une fille de treize ans, tuée par un chauffard en 2006.

Viviane Atwood tiqua.

– A fait ses études à l'ESCP Europe. Est sortie dans les vingt premiers. Tous les enseignants que j'ai pu contacter se rappellent d'elle et du quatuor qu'elle formait avec trois autres brillants étudiants. D'après ses profs, elle aurait dû sortir dans les cinq premiers.

– Elle ne travaillait pas ?

– Si, très bien même. Elle excellait dans certaines disciplines, mais vivotait tranquille dans les autres. Notamment celles liées au métier de trader. A refusé deux postes chez Rothschild France, l'un à sa sortie de l'école et l'autre quelques années plus tard.

Madame Atwood tiqua que nouveau.

– Refuser Rothschild ?

– Il lui proposait un poste de trader, elle a refusé arguant la naissance de sa fille.

– Et la seconde fois ?

– Sa fille venait de mourir.

Elle lui fit signe de continuer.

– A fait ses études avec Gabrielle de Plessis du Charme, épouse de Lord Jonathan Ascot. Vieille noblesse écossaise. Elle est trader et gestionnaire en patrimoine, lui avocat au pénal. Vivent en Suède avec leurs trois enfants. En cours d'installation à Paris où vit le père de lady Ascot. Bertrand Polochon, au comité de direction de chez Rothschild France, marié à Irina Grientchenko - Molenski, une des meilleures traders du milieu, deux filles. A travaillé en tant que conseillère financière d'une banque française, sans ambition d'après ses anciens patrons. Travaille depuis deux ans pour le groupe H sur de petits dossiers et depuis moins d'un an pour Rothschild Suisse. A une clientèle faible en nombre, mais fidèle : huit clients de chez H lui font toujours confiance « Elle suit nos attentes et respecte nos projets ». Chez Rothschild, elle suit onze dossiers, plutôt du lourd : fortunes autrichienne, allemande, russe. Toutes émanant quasiment du carnet d'adresses de Gunther Moritz.

– Qui est Moritz ?

– Gunther Moritz, marié à Margaretha Budenmayer, héritière de brassiers et producteurs de saucisses, trois enfants. Lui a fait fortune en reprenant l'entreprise de BTP familiale et avec des placements bien pensés. Fortune estimée à 20 millions de dollars. Une grande partie des fonds sont restés en Autriche, mais vient de confier un portefeuille assez épais à Madame Maréchale de Saint-Jean.

Assez épais signifiait moins de cinq millions. Mais c'était cinq millions confiés à une inconnue.

– Quelle est la teneur de la fortune de Madame Maréchale de Saint-Jean ?

– C'est là où c'est intéressant. Un appartement rue des Aubépines à Dijon. Immeuble d'aspect cossu, mais dans la réalité très banal. Impossible d'y entrer, la concierge veille. Impressionnant. D'habitude, j'ai le feeling, mais là, à la première question, elle s'est méfiée. A son bureau d'analyste dans un cabinet médical.

Il s'arrêta voulant profiter de l'effet de cette information. Il répéta, lisant l'incrédulité sur le visage de Viviane Atwood.

– Un cabinet tenu par une gynécologue et un proctologue.

– Un ? Mais...

– A une maison dans le Jura qui vient d'être terminée. Je n'ai pas pu m'approcher, je me suis fait repérer par les colosses qui font les travaux. D'anciens soldats, je dirais, au vu de leur comportement. Attendez le mieux : la maison lui a été offerte par Blanche de Montoire. Maison en ruine depuis 1945.

– Luxueuse ?

Il rit.

– Une vraie maison de campagne française. Avec un très beau verger, de ce que j'ai pu apercevoir.

– Volture ?

Comprenant que son employeur cherchait un signe de richesse.

– Rien. Une 4L camionnette, une 403, je ne sais même pas comment elle fonctionne, un vélo avec une remorque en bois, la Jaguar.

– Ah.

– Prêtée par le garage Mondrieu comme moyen publicitaire. Le garage est le premier investissement de Sylvain Beaufort, équipementier automobile, premier dossier traité par Madame Maréchale de Saint-Jean. Dossier du groupe H.

– J'imagine qu'il lui est resté fidèle.

– Oui. Elle a doublé la valeur des investissements de son entreprise. Le garage semble être une passion.

– Qui consiste ?

– Restauration de véhicules anciens, fabrication de pièces identiques à celles d'origine ou vente de pièces d'origines.

Viviane ne put réprimer un sourire.

– Très bien joué de sa part. Elle reste dans le domaine, lui permet de se faire plaisir tout en gagnant de l'argent. Sa fortune ?

– La valeur du groupe est estimée… était estimée à 3 millions, passerait, a priori, à 6.

– Du fait des investissements.

– Oui.

– Poursuivez.

– Madame Maréchale de Saint-Jean ne possède donc rien de luxueux. Ne part pas en vacances à l'étranger. A passé les dernières avec ses neveux et nièces. Reste dans le Jura visiblement.

– Famille ?

– Fille d'Antoinette Maréchale et Pierre de Saint-Jean, tous les deux originaires du Jura. Retraités depuis deux ans. Épiciers. Trois enfants. Julien de Saint-Jean, l'aîné, officier de police, divorcé, deux enfants âgés de vingt-sept ans. Des jumeaux : Éléonore, diététicienne à Besançon et Edmond fleuriste à Langres. En couple avec Clarisse Clairbois, institutrice attend un enfant. Xavier de Saint-Jean, facteur à Camphin en Carembault dans le Nord, marié, cinq enfants, mais il semble que le couple batte de l'aile, la femme ayant quitté le domicile. La suite est intéressante : Justin et Marie Simone Bricard ont fait de Paule leur légataire. Couple sans enfant, ils sont les amis d'enfance de Madame de Saint-Jean.

– Ils sont fortunés ?

– Non. Lui était menuisier et elle receveur des Postes à Pierre de Bresse dans le Jura. Enfin, non, la Saône-et-Loire. Mais ils habitent Authumes.

– Comment est le Jura ?

– Verdoyant. Campagne profonde, chacun se connaît, même si de jeunes couples arrivent, tranchant un peu avec la vie rurale. Des vaches, des prés, de la forêt.

Viviane Atwood resta pensive.

– Ah, le plus intéressant : elle a écrit un livre.

Joignant le geste à la parole, il lui tend l'ouvrage.

– Ce n'est pas son nom.

– Pseudo. Mais je suis sûr que c'est elle. Je l'ai trouvé à l'épicerie de quartier « Chez Hassan ». Je m'en doute, car son livreur est arrivé en disant « J'ai vendu un livre de Madame Paule ». Cela ne peut donc être qu'elle.

– De l'auto-édition ?

– Oui.

– Vous l'avez lu ?

– Pas encore, je m'en suis acheté un exemplaire.

Elle haussa un sourcil.

– De toutes les recherches que vous m'avez fait faire, c'est la plus étrange. Pas en lien avec le salaire gagné. Ça m'intrigue. Elle ne dépense pas de sommes folles, passe son temps dans le Jura vers son amoureux. Abraham Morgenstern, médecin. Consacre son temps à sa famille tout en travaillant constamment – la lumière de son bureau reste allumée tard –, est très appréciée de Rothschild et de sa clientèle. A sa place, je m'offrirais le luxe.

– Des amis ?

– Oh là, oui ! Ernest Villorin, chapelier à Paris, vient d'ouvrir son atelier de confection à Dijon. Très doué. Vente à l'internationale. Ami d'enfance. N'a jamais connu sa mère, morte en couches. Inséparable de Madame Maréchale de Saint-Jean. Ses trois collègues à l'ESCP. Elle est la marraine de la fille de lady Ascot. Le tatoueur et le garage de la rue des Aubépines. Si on la voit porter ses courses, vous en avez systématiquement un qui arrive en courant pour l'aider. Elle finance les études d'Amir Boumediene le petit-fils de l'épicier. Elle semble très proche de la gynécologue, car le fils de ce médecin se promenait en compagnie des neveux de Madame Maréchale de Saint-Jean et il semblait beaucoup s'amuser.

– Qu'en pensez-vous ?

– La vérité ?

– À part le fait qu'elle parle toute seule, je dirais que je lui confierais mon argent sans hésitation. Son univers, poursuivit-il, est tellement différent : pas de luxe, pas de clinquant, la famille en premier, le Jura. Des sentiments vrais, en fait. Et je la soupçonne d'être très douée, mais de ne pas s'en inquiéter. Comme si le plus important était ailleurs.

– Cela semble par trop idyllique.

– Sans doute. Mais je l'ai suivie pendant deux mois. Je n'ai rien raté du déroulement de sa vie. Elle va voir sa fille toutes les semaines au cimetière, va seule à l'église quand elle est triste et discute avec une religieuse — attendez… oui, voilà, sœur Marie-Odile, marraine d'Ernest Villorin —, va voir ses parents, s'occupe des enfants de la gynécologue, du banal, mais du réel. Il n'y a pas de faux semblants.

– Vous la pensez douée ?

– C'est ce que tous ont dit. Je la soupçonne même de boursicoter.

– Dites-moi.

– Eh bien, il y a eu un drôle de moment dans la rue. Elle rentrait de Suisse et là, un gars du garage s'est mis à lui courir après. Il l'a attrapée et lui a tapé la bise au moins dix fois. Il a pas arrêté de dire « merci, merci, c'est fantastique, vous êtes un cadeau du ciel ». L'obtention d'un prêt n'amène pas à ce type de délire. D'où mon soupçon. Surtout qu'elle a répondu « Mais non, mais non, cela aurait pu rater, j'ai eu de la chance, c'est tout ». La chance en Bourse, j'y crois pas. La malchance oui, mais la chance... D'autant qu'elle sort de la même école qu'Irina Grientchenko-Molenski. La meilleure.

– Merci. Vous êtes toujours aussi efficace.

Stephen se leva, salua et laissa toutes ses notes à Viviane Atwood. Cette dernière attendit le soir pour se pencher sur le livre de Paule. « Armande Honorable, Suzy Suzette ». Sur la quatrième de couverture, elle lut « Oubliée de la société, Églantine Troussard, dite Suzy Suzette, se raconte. À travers son regard, c'est la société de la Troisième République qui se déploie ; c'est le quotidien des parias nécessaires : amour, travail et misère ». Madame Atwood se servit un chocolat chaud, s'installa dans son fauteuil et commença sa lecture.

LE JOURNAL DE SUZY SUZETTE

Avril 1895.

Je m'appelle Suzy Suzette. Je ne me suis pas toujours appelée ainsi, ça, c'est mon nom de scène. Mon vrai nom est Églantine Troussard, mais dans la profession qui est la mienne, ce n'est pas un nom porteur. Pas du tout. Je suis une prostituée, une catin, une putain et tout un tas d'autres termes injurieux. Et aujourd'hui, j'ai décidé de rédiger ma vie afin que celui ou celle qui trouvera ces feuilles découvre ce qui se cache derrière l'insulte et le mépris. Ou la pitié. Je ne sais pas ce qui est le pire.

Je suis née le 2 mai 1869 d'Edme Troussard, limonadier et chiffonnier, et de Eulalie Richemont, lessiveuse. Mes parents se sont mariés à Rouen et ont migré à Paris, pensant avoir une vie meilleure. Sauf que la pauvreté, ça colle aux semelles. Peut-être qu'ils vivaient mieux à Paris, ayant plus d'ouvrage, je sais pas. Ce que je sais, c'est que je les ai vus trimer leur vie pour que nous ayons un toit et une assiette remplie tous les jours. Papa a hésité un temps avec l'usine, mais vu l'état dans lequel sortaient les gars, il a renoncé. Je l'ai pas connu longtemps. Il est mort écrasé par une charrette quand je devais avoir cinq ans. Mais je me rappelle sa barbe qui piquait, les chansons qu'il égrenait le soir pour égayer la maison, sa gentillesse envers maman et de ses conseils. Maman est morte jeune aussi. Les poumons. Au début, c'était pas grand-chose, puis après ça a empiré : elle crachait du sang. Je l'ai trouvée un matin, raide et froide. Je crois que j'ai jamais autant pleuré. Non, c'est pas vrai, j'ai autant pleuré que quand je me suis retrouvée seule dans la rue. À sa mort, j'ai appris que j'avais un oncle. Qui s'est installé dans la maison. Ça m'a étonnée parce que maman ne m'avait jamais parlé de lui. Avec le recul, je me dis que c'était pas plus mon oncle que moi j'étais le pape. Il a récupéré le peu qu'on avait et s'est débarrassé de moi comme aide pour le ménage. Seulement, il ne m'a pas envoyée n'importe où. Ah non. Chez la mère Libert. Un bouge dans Paris.

Le monde de la prostitution est une hiérarchie. Mais personne ne le sait. Ou plutôt, personne ne s'y intéresse. Faut savoir, déjà, que la prostitution est organisée par l'État, disons gérée par l'État. Avec les maisons de tolérance, sous la surveillance de la police, il s'offrait le luxe de satisfaire une population masculine en mal de sexe, éprise de fantasmes et pour qui la femme n'est qu'un instrument. Urne à foutre et à enfants. Rien d'autre. Il lui fallait protéger les femmes bien en mettant au turbin les autres. Qui de ce fait devenaient des femmes pas bien. Et comme elles devenaient des femmes pas bien, fallait pas les voir, d'où les maisons. L'État distingue les maisons de passe des maisons de tolérance. Les premières envoient leurs filles racoler discrètement, les autres sont repérables par leur nom. Les premières ont des filles à parties, insoumises ; les secondes accueillent les filles encartées. Déclarées à la préfecture et soumises à une visite médicale tous les mois. Il y a même des indépendantes qui font ça dans des garnis, dans la rue ou chez elles. La maison close est gérée par une tenancière dont les comptes peuvent être vérifiés par la police ; pour les autres, elles dépendent de souteneurs. Celles qui ont de la chance ne dépendent que d'elles-mêmes. Les maisons, quelles qu'elles soient, sont à l'abri des regards. Tout le monde sait ce qu'on y fait, mais personne ne doit le voir. Jolie pudibonderie. Belle hypocrisie surtout. On nous montre du doigt, on nous insulte, on nous méprise, on nous craint du fait des maladies, mais sans nous, combien seraient agressées ? C'est pour cela que l'État encadre le système. Encadrer son développement. Contrôler les mœurs, ce qu'on y fait, ce qu'on y dit. Circonscrire le mal dans un lieu clos. Les Enfers sur terre en somme. Parce que faudrait pas croire que les filles font ça pour le plaisir. Jamais. Faute de mieux ou pour éviter le pire. Moi, je sais pas trop. J'ai fui la mère Libert avant que le pire arrive et je me suis encartée, faute de mieux. Au début, comme pour toutes, c'était pas prévu.

J'étais cachée dans un coin de rue, gelée jusqu'aux os quand la grosse Yvonne m'a trouvée. Elle a pas réfléchi. Elle a vu une gosse prête à mourir, alors elle m'a soulevée et m'a emmenée chez Madame Levaux. La semonce qu'elle s'est prise ! Je l'ai su après. Bien après. Après que je me suis réchauffée dans son lit, dans ses bras, entre ses gros seins ; après avoir ingurgité la soupe infâme, parce que trop salée, de Courgette. Une fois rétablie, la Levaux a demandé à me voir.

– Tu sais faire quoi ? Je ne suis pas une société de secours. Si tu restes, tu trimes.

Faut dire que j'étais gamine, alors la Levaux, elle pouvait pas me mettre au turbin. Elle ne pouvait pas non plus, car toutes ses filles sont des encartées, donc soumises à l'administration. Elle perdrait son bordel si elle enfreignait la règle.

– Je sais faire de la limonade et la lessive.

Je fus mise à l'épreuve. Pour la limonade, c'était un peu du bluff. Papa m'avait montré, mais je me rappelais pas tout. Du coup, on est allées souvent aux toilettes. La tenancière m'a gardée, car pour la lessive, j'étais la meilleure. Faut dire que maman était la meilleure. J'étais allée à bonne école. C'est comme ça que j'ai commencé chez la Levaux, en lessivant. Ça payait ma nourriture. Fleur de lotus a eu l'idée de mettre ma « limonade » dans un flacon et la vendre aux clients ballonnés ou constipés. C'était vendu comme lavement. Et ben, ça a marché. On a partagé les bénéfices et j'ai pu rembourser une partie de ce que je devais à la grosse Yvonne. Parce que pour me garder, elle a dû augmenter ses passes. C'est Courgette qui a vendu la mèche.

– Écoute, petit bout, moi, j'ai fait ce que j'avais à faire pour pas que tu meures. Le reste, c'est pas ton problème.

Si, ça l'était. Coucher avec des hommes, c'est pas banal. C'est dur. Faut abandonner l'idée qu'on a un corps ; qu'on a des sentiments. Faut se soumettre à un sexe qu'on a pas choisi ; faut accepter les fantasmes ; faut accepter de le faire même avec les menstrues, même malade des fois. Faut accepter l'absence de plaisir, simuler le désir, faire semblant et se rendre compte que le client ne nous a pas vues. Il a déchargé et c'est tout. C'est pas un métier, c'est de la survie. Et encore, on s'en sort bien, ici.

Les maisons sont classées par l'administration. Elles ont un statut spécifique et les filles des conditions de vie qui diffèrent. Au sommet, on a les maisons de première et seconde catégories[4] avec un clientèle riche. Maisons luxueuses et discrètes. Bonne réputation. On y trouve les artistes et hommes du monde. Après, ce sont les maisons de quartiers pour une clientèle d'habitués. Pour les petits bourgeois. Après, ce sont les lupanars. Bruyants, alcool à profusion, tout dans l'exagération. Certains sont près des casernes ou des ports. Et pis, y a les bordels. Le bas de gamme. La fille se vend dans une chambre. Le pire dans le pire, ce sont les bouges où les filles se vendent au prix d'une bière. La mère Libert est dans cette catégorie. La mère Levaux dans les maisons de quartier. À la clientèle correspond le quotidien de la fille. Plus on est dans le populaire, plus les filles sont âgées et soumises à tout. Plus on monte en gamme et plus la fille a des temps de repos, peut se permettre de sauter des passes si elle est malade. En revanche, on a toutes un point commun : on se vend. On se donne. On a une ardoise à rembourser. C'est comme ça que les matrones et les souteneurs nous tiennent : faut payer sa dette. Moi, je dis que c'est la société qui a une dette envers nous. Le seul droit qu'on a, c'est qu'on peut partir

---

[4] A.Corbin, Les filles de noces. Misère sexuelle et prostitution au XIXe siècle. Le Grand Livre du Mois, 2000.

quand on veut avec nos économies. Quand on a pu en faire.

Ma maison à moi, elle est composée de six habituelles et de temporaires, qui viennent en fonction de leurs besoins. La mère Levaux a dû modifier un peu sa maison de tolérance en maison de passe pour rester sur le marché. Des temporaires, je sais peu de choses. Elles viennent de tous les milieux, pour une ou deux semaines, parfois un mois, mais on n'a pas le temps de bien les connaître. Pour les habituelles, c'est pas pareil. On est une famille.

Ma famille à moi, c'est la Levaux. Ancienne prostituée d'une maison de premier ordre, elle a monté sa maison grâce à un client fortuné, genre magistrat si j'ai bien compris. Très proche du sous-chef de la préfecture, celui qui nous encarte. Chez les filles, y'a Courgette. Fille-garçon. Une fille, mais avec un corps de jouvenceau. Sa clientèle, ce sont les hommes mariés qui sont attirés par les garçons, mais qui se l'avouent pas. Ils continuent de vivre avec une femme qu'ils n'aiment pas, mais qui a fait d'eux des pères. De toute façon, aucun des clients n'aiment sa femme, sinon, ils ne seraient pas là. La grosse Yvonne. Elle est tombée dans la prostitution à cause de son marlou qui l'a mise sur le trottoir parce que ses formes généreuses étaient un atout et que ça lui permettait de régler ses dettes de jeu. Par amour. Elle a fait ça par amour. Maintenant, c'est pour élever ses enfants placés dans des familles. Pas des Thénardier, mais qui sont contents de voir arriver l'argent. Elle voit ses mioches tous les trois mois. Et son jules toutes les semaines pour lui remettre sa part. C'est pour cela que j'ai remboursé ma dette. Sinon, elle avait plus rien. Ses clients sont tous des puceaux, des étudiants des beaux-arts, des qui voient en elle une mère, des fanatiques des grosses femmes et de gros seins, des qui n'ont pas de femme et qui cherche un peu d'affection, parce que les rondeurs, ça rassure. Et ses seins sont vraiment énormes ! J'ai partagé son lit jusqu'à ce que je sois trop grande, je sais de quoi je parle. Ce qui la dégoûte est qu'elle forme des jeunots au plaisir qu'ils ne donneront jamais à leur femme, mais à leur maîtresse. La grande Gertrude. Un sac d'os, mais avec des fesses de titan. Il faut imaginer une grande tige dont le seul élément proéminent sont les fesses. Allez savoir pourquoi. Sa clientèle aime, c'est l'essentiel. Comme Courgette, elle est devenue catin pour survivre. Parce que chez la Levaux, on peut gagner assez et partir. Courgette rêve de danser à l'Opéra ; la grande Gertrude rêve d'un mari et d'une vie bourgeoise. Pas une vie riche, non, juste s'occuper d'un foyer. Fleur de lotus est arrivée dans les bagages d'un colonial. Un savant revenu après ses recherches archéologiques. Elle croyait au grand amour et est devenue l'attraction du bordel. La touche d'exotisme qui nous apportait une clientèle plus cossue. Dans l'attente des clients, elle a partagé les images de son pays, les senteurs, les goûts, les couleurs. C'était beau. Elle rêve de rien. Elle vient d'ailleurs, elle sait que sa seule maison sera celle de la Levaux. La belle Nora. De son vrai prénom Adélaïde. Mais ça fait vieille France, royaliste. C'est pas vendeur. Elle est belle, vraiment. De taille moyenne, elle a des rondeurs bien placées. Blonde, elle rappelle les pays du Nord. Elle prend tout ce qui vient. Surtout ceux qui rêvent d'une femme au-dessus de leurs moyens. Frida la moche. Magnifique brune débarquée avec les Prussiens. Elle parle leur langue ce qui a facilité les relations en 1870. Elle est restée. Par amour d'un notaire. Dont elle n'attend rien, si ce n'est la venue. Nora rêve de retourner dans le Sud, Frida attend que son notaire l'épouse.

Moi, je rêve de vendre des fleurs. J'ai proposé à Fleur de lotus de s'associer à moi. On verra. Je suis encartée depuis mes vingt-et-un ans. Mais, auparavant, j'ai été fille à numéro. La Levaux a accepté que je commence plus tôt. Tu m'étonnes ! J'ai vendu mon pucelage quatre fois le prix. Et je l'ai vendu trois fois ! Facile d'arnaquer les faisans. J'ai remboursé ma dette et avancé de l'argent à la grosse Yvonne. Elle venait de perdre un enfant et n'avait pas de quoi l'enterrer. Alors, j'ai vendu ma virginité une troisième fois. On dirait que les hommes recherchent leur jeunesse ou l'idée d'être le dominant « tu es une femme grâce à moi ». Ouais, tu es surtout plumé grâce à moi. Et la grosse Yvonne, elle a pu enterrer sa fille, une petite Joséphine, morte de congestion.

Les filles avaient été gentilles. Elles m'avaient préparée, laissée les observer. Ça m'a pas empêché d'avoir mal. La première fois et les autres. Jusqu'à ce que j'oublie que mon corps était à moi. Jusqu'à ce que je comprenne que désormais, il serait un outil. Celui de ma richesse, le moyen de monter ma boutique. Mes clients étaient plutôt des hommes jeunes ou entre deux âges ; seuls, sans femme ni famille. J'étais un simple instant dans leur vie, un moment de jouissance et après « merci, à la prochaine ». Ça ne me dérangeait pas. Tant qu'ils payaient. À mes vingt-et-un ans, je suis allée à la préfecture pour me déclarer. J'aurais pu être insoumise, mais c'est trop de tracas avec les condés : c'est direct Saint Lazare, si on est prise à racoler et franchement pour y être allée une fois, ça ne donne pas envie. À la préfecture, faut aller au deuxième bureau et réclamer son inscription au registre. Après, on doit répondre à tout un tas de questions : identité, mariée, si on vit avec nos parents, si on a des enfants et pourquoi on veut faire ça. Les filles m'avaient dit de ne pas faire ma finaude et de dire que c'était parce que je ne voyais pas quoi faire d'autre. Ensuite, c'est l'examen médical. Avec moi, il y avait une femme mariée, qui devait augmenter les gains du logis. Le mari n'était pas au courant. Eh ben, après son passage, il le sera. Pas la peine de rêver, il sera d'accord. Une fois, tout ça remplit, on choisit la maison qu'on veut. Moi, c'était tout choisi. Depuis, je suis encartée. À vie. Sauf une fois morte, mariée ou déclarée « disparue ». Là, on est rayées des listes. Des fois, la famille fait les démarches. Dans mon cas, c'est peine perdue.

Ma clientèle s'est étoffée et désormais, je fais dans les cas spéciaux. Désespérés de mon point de vue. C'est arrivé bêtement. Un client était violent. Je lui ai rendu son coup. Il en a redemandé. Je l'ai frappé de nouveau, encore et encore et il a joui. Au début, j'ai trouvé ça glauque, et puis je me suis rendu compte qu'il y avait un marché. Courgette avait repéré un marché féminin et moi un marché d'hommes aimant les coups. On a toutes réfléchi et on a construit mon personnage : Suzy

Suzette, celle qui fait sauter les crêpes. Et croyez-moi, j'en ai rougi des fesses ! »

Viviane Atwood posa le livre. Elle l'avait lu d'une traite. Elle aimait. C'était évident. Le style était adapté au personnage, le récit dynamique et surtout le monde de la prostitution ouvrait ses coulisses. Elle ne put s'empêcher de retourner à la dernière page lire l'épilogue.

« Suzy Suzette mourut en 1899 de la tuberculose. Elle laissa son pécule à Fleur de lotus qui quitta la maison pour ouvrir une boutique à Orléans. La grosse Yvonne, la grande Gertrude moururent atteintes par la syphilis trois ans après Suzy. Elles ne furent regrettées que par le bordel. Le marlou de la grosse Yvonne se trouva une autre gagneuse et laissa ses enfants grandir sans s'occuper d'eux. Sur les six vivants qu'il eut avec Yvonne, seuls trois survécurent sans jamais avoir connu les sacrifices de leur mère. Gertrude suivit Yvonne dans la fosse commune, lieu d'inhumation du pauvre.

Quant à Courgette, elle épousa un cadet de noblesse, féru de littérature et de jeunes garçons et qui trouva en elle le moyen d'assouvir son penchant condamnable tout en ayant des enfants. Nora et Frida travaillèrent encore dix ans puis prirent leur retraite en épousant l'une un commis voyageur et l'autre un imprimeur.

La maison de la Levaux tint jusqu'à la retraite de celle-ci. Elle épousa son magistrat et transforma son bordel en pension pour jeunes filles bien nées.

Il ne reste rien de l'immeuble enseveli dans les reconstructions d'après-guerre, tout comme il ne reste rien de ces femmes, ensevelies dans le silence des fosses communes ».

Suzy Suzette avait raconté son quotidien dans le détail, certaines passes, mais surtout elle avait transmis sa rancœur d'une société qui juge, met de côté ; elle avait transmis la loyauté des filles entre elles, l'amitié, parfois les amours interdites, le temps qui passe, l'alcool, les clients. Tout cela Viviane Atwood l'apprécia. C'était dit sans fard, sans mensonge. Du vrai. Comme Paule.

2018

Novembre.

Dans l'avion qui la ramenait du Guatemala, sœur Marie-Odile réfléchissait aux mondes qui peuplent cette planète et à l'indifférence dans laquelle vivaient certains. Elle avait passé pratiquement deux mois dans un couvent au Guatemala afin de remplir une mission apostolique et humanitaire. Régulièrement, les sœurs de son ordre se rendaient dans les couvents les plus reculés afin d'apporter aide, réconfort et biens aux religieuses vivant dans des conditions très difficiles. Chaque année, l'ordre de Sainte Ursule envoyait une missionnaire accomplir la lourde de tâche d'aider au développement de l'enseignement des filles, en apportant savoir et matériel éducatif récolté grâce aux dons des familles catholiques de Dijon et des enfants de l'école Sainte Ursule qui organisaient diverses activités pour aider les sœurs à partir. Paule intervenait à son niveau, en plaçant les fonds confiés par les couvents éloignés. Sœur Marie-Odile lui apportait cinq cents dollars, une somme astronomique de la part de ses sœurs sud-américaines. Alors qu'elle se remémorait son séjour, son regard croisa celui d'un enfant qui boudait. Ses pensées se portèrent sur Paule.

– *Bonjour, ma puce, que fais-tu toute seule dans l'église ? Tu sembles fâchée ?*

– Bonjour sœur Marie-Odile. Non, je réfléchis.

– Allons bon.

La religieuse s'assit à côté de la petite fille.

– À quoi réfléchis-tu ?

– Ben, voilà, mon papy, il est mort et il est allé à l'église. Je comprends pas pourquoi tout le monde était triste : ma mamie, mon papa, ma maman, mes tontons, mes tatas.

– Paule, c'est normal, la mort est un instant triste.

– Ben non. Même le Père, il l'a dit. Il a dit que papy était entré dans l'amour de Dieu. Donc, on devrait être contents ! Eh ben, non. On est tristes. C'est débile. Tout est triste, les paroles, la musique. Je comprends pas. Le curé, il a dit qu'on était que de passage sur terre et que le meilleur était après, donc on devrait être contents ! Parce que papy, il est dans le meilleur. C'est toujours pareil : faut que les grandes personnes, elles compliquent tout. La mort, tient ça aussi, c'est n'importe quoi. Pourquoi qu'on meurt ? Je veux dire : est-ce qu'on meurt parce que Dieu, il a décidé ? Et dans ce cas, il pourrait prévenir qu'on se prépare quand même. Parce que si Dieu, il nous fait mourir, pourquoi qu'on est malade avant ? C'est débile. Ça sert à rien de mourir malade. Il a qu'à dire « allez hop, c'est ton tour ». Mais non, mon papy, il était malade. Ou alors c'est la maladie qui nous tue. Mais alors d'où ça vient ? Je veux dire si c'est la maladie qui nous tue, pourquoi que Dieu il l'empêche en disant « hop hop » toi tu t'en vas. Donc moi, je comprends rien. Le mort, il est heureux et nous on est tristes ; Dieu décide de la mort et on meurt de maladie. Et pis, c'est pareil, le cercueil ! Ils ferment le cercueil ! Comment qu'il va sortir papy pour rejoindre Dieu ? Il a la clé ?

Elle s'interrompit et regarda la religieuse abasourdie par le questionnement de la petite. Prenant son courage à deux mains, elle oublia le début et se concentra sur l'âme et le corps.

– Ben, c'est n'importe quoi alors.

Sœur Marie-Odile n'osa pas demander.

– Si le corps, c'est pas important, à quoi ça sert la messe avec le cercueil puisqu'il est déjà parti ? On en fait quoi du corps alors ? Et à quoi ça sert d'avoir un corps si c'est l'âme qui est importante ? En plus, le corps, c'est lui qui est malade, alors là je comprends pas. On vit dans un truc qui peut nous faire mourir.

Elle soupira.

– Les grandes personnes, c'est quand même n'importe quoi.

La religieuse restait coite. Elle eut, toutefois, le réflexe de demander à Paule où était Ernest. Histoire de revenir dans un univers connu.

– Il est chez lui, il a mal au ventre.

– Oh, tu lui feras un bisou pour moi. Et toi, tu n'as pas mal au ventre ?

Là, sœur Marie-Odile se rappellera toute sa vie que c'était la question à ne pas poser à la petite.

– *Moi, non, jamais. Quand j'ai mal au ventre, je pète et après ça passe.*

L'équipage de l'avion se rappellera avoir vu une religieuse prendre un fou rire quasi inextinguible, mais communicatif pendant le vol. A son arrivée à Dijon, elle décida de s'arrêter voir Paule afin de prendre de ses nouvelles et lui confier l'argent du Guatemala. Elle fut accueillie par une Renée récurant les paliers.

– Elle est chez elle avec le chapelier.

– Merci, Madame.

Renée s'inclina. Elle avait tout de même un minimum de religion. Sœur Marie-Odile fut reçue à bras ouverts par son filleul traumatisé et Paule ronchonnant.

– Vous pourriez dire à cette grande saucisse que ses dessins sont splendides et qu'ils plairont.

– De quoi parlez-vous tous les deux ? leur fit-elle posant sa valise.

Ernest expliqua à sa marraine que Paule, ayant vu des tableaux de Margaretha Moritz, avait eu l'idée, saugrenue d'après lui, de convaincre Hannelore et Gunther Moritz d'exposer les tableaux dans une galerie en compagnie de ses dessins.

– Pour les vendre ?

– Non ! Pas du tout ! Seulement pour les montrer. Mais Ernest dit que c'est une mauvaise idée parce que ses dessins sont moches.

– Ernest ! Ils sont magnifiques !

– Ah, merci ! Tout le monde le dit.

– Tout le monde, que des gens qui me connaissent ! rectifia-t-il.

- *Nous aussi, on dit que c'est beau.*

– *Nous, on le connait aussi.*

– *Oui, mais nous, il ne nous connaît pas !*

– Ernest, fais confiance à Paule !

– Ah, voilà, merci.

– Oui, mais...

– Ernest ! Tudieu, jura son amie, je te dis qu'on va faire un malheur.

– Paule a raison. Par contre, ce sera peut-être frustrant si les gens ne peuvent acheter, ajouta la religieuse en admirant le dessin d'un pic-vert.

– Comment ça ?

– Eh bien, je n'y connais rien, mais si tu as des demandes, quelqu'un qui a un coup de cœur, il va partir les mains vides.

Un silence se fit.

- *Un catalogue !* Un catalogue, s'écrièrent en chœur Paule et Auguste. On va faire un catalogue et le vendre.

– Paule…

– Ernest ! Ne discute pas. Je maîtrise l'auto-édition ! On va faire pareil !

– C'est une excellente idée, confirma la religieuse dégustant son café assise sur un fauteuil.

Soudain, ses yeux se portèrent sur le piano.

– Paule ! Tu as un piano !

– Ah ben, vous êtes la première à ne pas le voir en entrant, se moqua Ernest.

- *Oui, ben, vu que vous lui avez sauté dessus en arrivant…*

– Tu en joues ?

– Un peu.

– Montre.

– Ma sœur…

– Paule, mets-toi au piano.

En soupirant, elle s'exécuta. Sœur Marie-Odile était l'organiste du couvent, Paule savait ce qu'elle allait dire.

– Seigneur ! s'exclama la religieuse. Tu en joues combien de temps par jour ?

– Euh…

– Paule Maréchale de Saint-Jean, depuis quand n'as-tu pas fait tes gammes ?

Ernest éclata de rire.

– Noémie disait pareil !

– Écoute-moi bien, mademoiselle de Saint-Jean, à partir d'aujourd'hui et jusqu'à ce que mort s'ensuive, tu feras tes gammes une heure par jour ! Et c'est non négociable. Si c'est pas un monde d'entendre une cacophonie pareille sur un si magnifique instrument.

- *La vache, elle déconne pas la cornette !*

– *Ah, ça, des gammes, on va en entendre !*

Profitant du dos tourné de ses amis, elle tira la langue aux morts.

– Ah, au fait, j'allais oublier.

Elle sortit deux paquets de sa valise.

– Des tissus pour ta maman ; du rhum pour ton papa ; Ernest, du cuir et des tissus pour tes chapeaux et pour Paule du café et du cacao ! Avec, bien sûr, des tablettes de chocolat !

– Sœur Marie-Odile !

– Je fais ce que je veux de mon petit pécule. D'ailleurs, en parlant de pécule, j'ai cinq cents dollars que tu pourrais placer, si c'est possible.

– Pas de souci ! Combien vous faut-il en retour ?

- Les sœurs aimeraient quelque chose approchant les huit mille dollars.

– Ok, je m'en charge.

– Sœur Marie-Josèphe était déçue de ne pas t'avoir vue en Suisse.

– Sœur Marie-Josèphe ?

– Oui, en septembre. Elle était avec sœur Sonia. Leur avion avait fait une halte et elles en avaient profité pour aller te voir. Mais, ce n'était pas ton jour en Suisse. Elles ont, cependant, laissé leur argent à un charmant jeune homme qui a promis de te le donner.

Paule masqua difficilement son étonnement.

– Tu as bien reçu leur mille dollars ? s'inquiéta soudain la nonne.

– Oui, oui, répondit à toute vitesse Paule. Je ne me rappelle, simplement, plus la somme que je dois obtenir, vingt mille dollars, je crois ?

– Vingt-cinq.

– Ah oui, vingt-cinq. C'est en cours.

– Bien.

Ils discutèrent encore un moment puis Ernest raccompagna sa marraine à son couvent.

- *On n'a pas reçu de sous !*

– Exact.

– *À qui l'ont-elles donné ?*

– On va le savoir tout de suite. Alexandra ? Madame Maréchale de Saint-Jean. Deux religieuses se seraient-elles présentées à l'accueil ? En septembre. Elles avaient mille dollars à me confier et un jeune homme, décrit comme charmant, aurait pris l'enveloppe. Je suis étonnée de ne pas avoir été prévenue. Oui, j'attends. Rien ? Vous êtes sûre ? Alors, je ne comprends pas. Les Ursulines n'auraient pas donné leur argent comme ça, à n'importe qui. Non, vraiment je n'ai aucune idée. Non, non, je vais me débrouiller. Je vais prendre sur mon propre argent en attendant. Merci Alexandra, passez une bonne soirée.

Paule raccrocha.

– *C'est embêtant ?*

– Plus ou moins. Je vais m'arranger. Ce qui me dérange est que quelqu'un ait pris l'argent sans me prévenir.

Elle se tut, alluma son ordinateur et sa tablette. Les trois morts se retirèrent pour énumérer toutes les éventualités et la laisser travailler en paix. Paule passa une bonne partie de la nuit à repérer les actions à acheter. Le lendemain, elle plaçait une partie des mille dollars qu'elle avait prélevé sur son compte. Alexandra la rappela vers 13 h.

– J'ai réfléchi, peut-être sont-elles allées au groupe H ?

– Merde ! Bien sûr ! Le groupe H. Je vais les appeler. Merci, Alexandra. Ah, pourriez-vous me retrouver les données des actions S, D et I des trois derniers mois ?

– C'est comme si c'était fait !

Paule appela le groupe H qui, après quelques recherches, confirma que deux religieuses s'étaient présentées et que Sébastian avait pris l'argent. Elle serra les dents et se plongea dans ses dossiers.

Décembre.

– Madame Maréchale de Saint-Jean souhaiterait parler à Sébastian.

– Qu'elle attende, s'agaça tout de suite le directeur de la banque.

– Permettez, Monsieur le Directeur, la réunion n'ayant pas commencé, je peux la recevoir. Je crois savoir pourquoi elle est là.

Le comité de direction se réunissait, avec ses plus gros actionnaires, pour faire le bilan de l'année écoulée et anticiper l'avenir. Ou plutôt se gargariser de l'avenir de plus en plus radieux grâce à leur nouvelle recrue.

– Si vous le souhaitez. Je voulais simplement vous épargner une perte de temps. Faites-la entrer.

Paule pénétra dans une pièce sobre, mais aux boiseries sculptées et à l'aménagement respirant le luxe voluptueux censé rassurer et impressionner les gros clients.

– Madame Maréchale de Saint-Jean, nous avons peu de temps.

– Ça tombe bien, j'en ai peu à vous consacrer.

C'était dit sans agressivité, mais avec un mépris évident.

– Vous avez reçu deux religieuses en septembre et pris l'argent qu'elles comptaient me donner. Pourrais-je savoir ce que vous en avez fait ? dit-elle en s'adressant à Sebastian.

Elle le savait pertinemment, mais elle avait pris la décision de remettre les pendules à l'heure.

– Vous devriez prévenir de vos sautes d'humeur. Sébastian n'a fait que son travail.

– Votre Sébastian a promis aux sœurs de me transmettre l'argent.

Viviane Atwood se raidit ce qui n'échappa pas à l'un des directeurs.

– Encore eut-il fallu que nous ayons vos coordonnées.

– Vous êtes ridicules. Il vous suffisait de contacter Rothschild.

– Ce sont des concurrents…

– Avec lesquels vous déjeunez toutes les semaines, donc cessez vos balivernes. Qu'avez-vous fait de l'argent ?

– Mon travail ! Je l'ai placé et il a fait des petits ! Beaucoup de petits ! intervint Sebastian

– À savoir ?

– Je suis presque à trois cent mille ! Elles vont être ravies quand elles verront leur compte !

– Ce n'est pas vrai ! se mit en colère Paule, vous n'avez pas fait ça !

– Pourquoi ? J'ai battu des records à partir de leurs misérables mille dollars ! Vous n'auriez pas atteint une telle somme !

– Vous êtes un gros connard ! l'insulta Paule.

– Madame Maréchale de Saint-Jean ! Je ne vous permets pas d'insulter un collaborateur qui vient de doter un couvent d'une si belle somme !

– Elles ne voulaient que vingt-cinq mille dollars ! réagit Sébastian. Je leur offre le Paradis !

– L'Enfer ! Vous venez de leur offrir l'Enfer !

– Bon, c'est bon, sortez !

– Non, fit calmement Viviane Atwood. Je me présente Viviane Atwood tendant la main à Paule. J'étais présente quand ce jeune homme a promis de vous transmettre l'argent. Je suis navrée que cela n'ait pu se faire — elle laissa un silence montrant sa réprobation s'installer —, mais je ne comprends pas pourquoi cette somme poserait problème. Pourriez-vous ?

- *Paule, sois calme et explique-lui. Elle a l'air bien.*

Elle suivit les conseils de Simonetta tandis qu'Auguste et Suzy Suzette tournicotaient autour du fameux Sébastian cherchant un moyen de lui pourrir la vie.

– Le couvent sert d'orphelinat et de refuge pour les enfants et les femmes prostitués. Les religieuses vivent dans la crainte d'être tuées au nom d'une Foi quelconque ou parce qu'elles empiètent sur un marché qui rapporte. Chaque jour que Dieu leur prête vie, elles enseignent aux enfants à tisser, coudre ; elles font école et nourrissent les plus démunis. Une fois par an, elles rachètent discrètement une petite fille ou un petit garçon prostitués.

– Mais où est le problème, s'énerva un directeur. Elles vont pouvoir en acheter plein !

– Bien sûr, répondit Paule avec ironie, les proxénètes seront ravis de vider leurs bordels pour sauver des enfants. Une fois leurs bordels vides, ils battront les campagnes pour chercher d'autres enfants à vendre à des touristes étrangers ou des pervers. Sans compter qu'ils pourront enlever des religieuses pour réclamer une rançon !

– Je…

– Il suffit, coupa Viviane Atwood, c'est pour cela qu'elles demandent — ce que nous tous, autour de cette table, considérons comme une misérable somme — uniquement vingt-cinq mille dollars.

Paule acquiesça.

– Dans leur région, c'est une somme astronomique. Les tenanciers de bordels sont persuadés que cet argent vient du Pape et donc que c'est une somme qui ne peut arriver que de temps en temps. Une trop grande somme d'un seul coup attirerait l'attention sur elles et les mettrait en danger.

– Il aurait fallu qu'elles le disent ! se défendit Sébastian.

– Il aurait fallu poser la question, trancha sèchement Viviane Atwood. Ni vous ni moi n'avons pensé à demander.

L'un des directeurs du groupe sentit le vent tourner.

– Que pouvons-nous faire pour nous rattraper, demanda-t-il humblement.

– *Quel faux-cul !*

– *Y'a pas que le cul qui est faux, les cheveux aussi,* fit remarquer Suzy.

– *Ah oui ?*

– *Sûr. Jolie moumoute, mais moumoute quand même.*

Paule réprima un sourire.

– J'ai fait ce que je devais faire.

– Donc pourquoi êtes-vous là ? s'indigna un des participants. J'en ai assez de vos remarques sous entendant que nous ne pensons qu'à nous enrichir. Avoir de l'argent n'est pas abjecte !

– *C'est pas ton argent le problème, c'est ta morale.*

– Je me fiche pas mal que vous ayez de l'argent ou non. Vous avez mis en danger des personnes simplement par l'appât du gain ! C'est ça que je suis venue vous dire. Vous auriez dû leur demander pourquoi elles ne voulaient pas plus. Et j'ajoute que vous n'avez pas tenu la promesse prononcée.

– *À des frangines en plus !*

– Oh, ça va ! Elles ont un coffre plein !

Vivian Atwood tiqua fortement.

– Il me semble que Madame Maréchale de Saint-Jean vient de nous expliquer le problème que cela engendrait. Comment allez-vous faire avec les sœurs ? Pour les prévenir ?

– Je suis venue pour savoir où l'argent avait été placé, car il n'est pas sur leur compte.

– Vous avez accès à leur compte ? s'étonna Viviane Atwood.

– Bien sûr, sinon je ne pourrais pas y verser l'argent quand c'est vide.

– Mais pourquoi sont-elles venues alors ?

– Concours de circonstances. Elles savaient que leur avion s'arrêtait en Suisse, elles ont profité de l'occasion.

Viviane Atwood sourit.

– Elles voulaient surtout vous voir.

Paule lui rendit son sourire.

– Aussi. Bien, où est l'argent ?

– Au Vatican, bien sûr ! répondit avec morve Sébastian.

– Vous… Au Vatican ? Ah, mais vous êtes une vraie quiche en fait.

Viviane Atwood se retint de rire devant le visage offusqué de l'insulté.

– Au Vatican. N'importe quoi. Enfin, bon, ça va. Il n'y a pas de dégâts.

- *Pourquoi ?*

– Parce qu'elles finiront par en voir une partie.

Elle allait partir quand Viviane Atwood l'interpella une dernière fois.

– Avez-vous réuni la somme ?

– Oui.

– Quand avez-vous appris ?

– Il y a un mois. Maintenant, vous m'excuserez, j'ai une exposition à préparer.

Viviane Atwood jaugea de la rapidité d'exécution, mais ne dit rien. Paule les planta là et fut accompagnée d'un brouhaha d'indignations.

- *À mon avis, ils te détestent,* dit Simonetta.

– Je suis traumatisée.

L'un des directeurs du groupe observait à la dérobée Viviane Atwood et ne put s'empêcher de penser « C'est mort ».

– Alors, c'est le grand jour ? demanda à Paule, qui s'apprêtait à quitter l'immeuble, un joyeux Monsieur Jean.

– Absolument. Un jour peu ordinaire !

– Je vous souhaite une pleine réussite.

– Merci !

Il pénétra dans le hall en se disant que de toute façon, ce serait une réussite. Passant devant le cabinet médical, il ne put s'empêcher de se remémorer la rencontre avec le représentant du syndic. Paule les avait invités dans son bureau sur le seuil duquel ils étaient restés un instant mal à l'aise devant la majesté du lieu. Paule trônait sur son fauteuil cathèdre et leur fit signe de prendre place devant elle. Le ton était donné : elle prenait les commandes. Après les présentations d'usage et le rappel du problème qui les réunissait, elle attaqua frontalement le syndic en lui demandant la raison réelle du renvoi de Renée.

– Nous ne la renvoyons pas, nous lui offrons sa retraite.

– Qu'elle n'a pas demandée.

– Madame Maréchale de Saint-Jean, Madame Renée officie depuis quarante ans. Il nous semble normal de lui donner l'occasion de se reposer.

– Madame Renée est née dans cet immeuble et on peut dire qu'elle officie depuis soixante ans. Pourtant, elle n'a pas fait valoir ses droits à la retraite, qui, de toute façon, arriveront dans deux ans, si l'on s'en réfère à la loi. Vous prenez donc une avance de deux ans.

– *Bim ! Dans ta tronche !*

Les trois âmes étaient présentes afin de soutenir Paule dans sa juste démarche. Elles avaient pris, poussées par Simonetta, l'habitude de rester en retrait quand cette dernière se trouvait confrontée à des étrangers. Suzy Suzette était toujours la première à lâcher des commentaires, suivie de Auguste.

– Madame Maréchale de Saint-Jean, Madame Renée vieillit...

– Elle a soixante ans. Il ne m'apparaît pas que cela relève du grand âge.

– Certes, mais s'occuper de la tenue d'un tel immeuble nécessite une force physique constante.

– Il est assez visible qu'elle jouit d'une parfaite santé, fit remarquer Monsieur Jean. L'immeuble reluit.

– Vous et moi savons que la retraite n'est pas la raison de cette lettre. Vous souhaitez vous séparer de Madame Renée et nous nous demandons pourquoi. J'ai fait les calculs, reprit-elle, nous payons soixante-quinze pour cent de son salaire. Elle vous revient donc à quatre-cent-vingt-cinq euros brut si l'on prend comme base son salaire brut. En comparaison de ce que nous vous versons en charges, c'est très peu. Vous y gagnez au change.

– Sans compter le loyer, compléta Monsieur Jean.

– La question reste donc pourquoi renvoyer Madame Renée qui donne entière satisfaction à tout le monde.

– Pas à tout le monde, le reprit le représentant du syndic.

– Monsieur doit faire allusion à mes voisins et le propriétaire du premier, intervint Monsieur Jean. Ce sont les seuls qui trouvent qu'elle est un coût.

– Je rappelle qu'ils ont été cambriolés ainsi que les habitants du sixième, répliqua le mis en cause.

– Madame Renée était chez le médecin ! s'insurgea Monsieur Jean. Quelqu'un a ouvert sans demander et voilà. Depuis, nous avons placé un interphone avec une caméra.

Paule les regarda.

– Vous ne me ferez pas avaler que c'est la raison de sa mise en retraite forcée. Les faits sont anciens, vous aviez l'occasion de la licencier pour faute lourde. Même si cela n'aurait pas tenu devant un tribunal. Je paie mille euros de loyer pour ce bureau, le cabinet seul compense le coût salarial. Si vous supprimez son poste, vous allez sans aucun doute confier l'entretien à une société industrielle qui sera entièrement à notre charge.

Le représentant du syndic se sentait de plus en plus mal à l'aise.

– Autrement dit, poursuivit Paule, nous serons les dindons de la farce tandis que vous engrangerez les bénéfices. Votre groupe a été racheté par un groupe bancaire et vous êtes cotés en Bourse. Vous pratiquez donc des économies pour plaire aux dirigeants. Madame Renée est d'une certaine façon une économie d'échelle. Admettons qu'elle accepte de prendre sa retraite, que deviendra-t-elle ?

– Nous lui laisserons le temps de se trouver un autre logement et...

– Alors, c'est donc ça ! s'écria soudain Paule. Le logement ! Vous voulez récupérer le logement pour le vendre, j'imagine. Vous faites d'une pierre deux coups : plus de salaires, mais des charges. Joli.

– Madame Maréchale de Saint-Jean, vous êtes dans la finance, vous pouvez comprendre.

– Je suis dans la finance, certes, mais vous oubliez plusieurs choses.

– *Ils essaient surtout de gruger en pensant que Renée n'aurait rien vu, oui,* s'agaça Auguste.

– La première est que Madame Renée ne pourra partir en retraite que dans deux ans. Afin de respecter la loi. Ensuite, payant soixante-quinze pour cent de son salaire, la décision nous appartient. Or, vous ne nous avez pas consultés.

– Vous oubliez visiblement que deux propriétaires estiment que...

– Deux sur onze, Héloïse étant locataire. Cela fait donc neuf propriétaires qui pensent le contraire.

– Ce ne sont pas n'importe quels propriétaires, commença le représentant du syndic.

– Oh, des gens puissants, j'imagine. Ce qui ne change rien. Vous devez respecter la loi. Et la loi est du côté de Madame Renée. Non seulement, vous attendrez deux ans, sauf si vous décidez de la licencier et dans ce cas, il vous faudra trouver un motif. Comme vous n'en avez pas, nous irons au tribunal et vous risquez bien de perdre non seulement le procès, mais aussi une forte somme d'argent. Mais en plus, vous devrez accepter le vote des propriétaires lors de la prochaine réunion. Et s'il vous prenait l'idée saugrenue de tenter de les convaincre d'abandonner Madame Renée et si vous réussissiez, sachez que nous serons toujours six contre. Ce qui bloquera la procédure. Et quand bien même réussiriez-vous, vous serez obligés de proposer le rachat de l'appartement à Madame Renée avant de rendre la mise en vente officielle, et elle aura l'argent.

Il sourit.

– Elle aura l'argent, car je ferai en sorte qu'elle ait l'argent. Vos propriétaires du troisième ont peut-être gagné à la loterie, mais la finance est mon domaine. Et croyez-moi, si je vous dis qu'elle aura l'argent, c'est qu'elle aura l'argent. Sans compter que nous avons tous à gagner à cette vente puisque les fruits de celle-ci sont ensuite répartis entre les copropriétaires, la loge étant une partie commune.

- Et vlan, dans tes dents !

– Je me permets d'ajouter que pour revendre la loge, il vous faudra supprimer le poste de concierge inscrit dans le règlement de copropriété, compléta Monsieur Jean, et pour cela, il vous faut notre accord. Et pour supprimer la loge afin d'en faire un logement, il faut l'unanimité des voix.

– Écoutez, une entreprise vous reviendrait moins cher.

– Nous comprenons parfaitement votre point de vue. Mais en supprimant le poste de Madame Renée, vous gênez le fonctionnement de l'immeuble. Notre concierge n'est pas un garde-chiourme ou un simple balai pour les étages. Elle veille sur chacun de nous : elle va tous les jours tenir compagnie à la colonelle, femme très âgée ; elle a assuré les urgences quand la colonelle est tombée chez elle, quand Valentine a accouché sur le palier ; quand le père de Fernande a claqué la porte laissant ses clés à l'intérieur. Le hall, les étages sont d'une propreté éclatante mettant dans de très bonnes conditions mes clients et ceux du cabinet. Vous ne pouvez pas, pour de vulgaires raisons d'argent, obliger une femme née dans cet immeuble et qui lui consacre sa vie à le quitter. Vous avez tenté de profiter de la naïveté de Madame Renée en lui occultant les droits qui sont les siens. Ce n'est pas digne.

Monsieur Jean était épaté. Le coup avait porté.

– Bien. Je m'incline devant vos arguments. Nous attendrons deux ans pour proposer le départ en retraite à votre concierge. Et j'ai bien compris que ce sera en pure perte, ajouta-t-il.

Paule lui sourit.

– Je crois que nous nous sommes compris.

Il les quitta en se demandant comment il allait justifier son échec. Mais en gardant bien en mémoire que parfois l'humain pouvait primer sur les affaires. On en sortait sûrement grandi. Mais bon, c'était de la théorie, ça ne remplissait pas les assiettes.

Le grand jour en question était celui de l'inauguration de l'exposition d'Ernest et Margaretha. Courant après un Churchill particulièrement taquin, Hans et Paule avaient atterri devant une porte close que le chien grattait avec frénésie. Voulant l'arrêter, la peinture commençant à s'écailler, Paule avait ouvert la porte et découvert qu'il s'agissait de l'atelier de la grand-mère de Hans. Ce dernier resta sur le seuil tandis que Paule se mit en quête de Churchill, qui loin de s'arrêter de gratter, s'était précipité dans la pièce suivi des deux lévriers.

– Allez ouste, dehors, on va se faire gronder, disait-elle aux chiens.

Ce mercredi-là, elle avait servi de nounou, Gunther Moritz ayant un rendez-vous médical et sa gouvernante étant chez sa sœur souffrante. Quand il revint, il trouva Hans la mine déconfite et comprit qu'une bêtise avait été faite. Pris d'un soupçon, il monta et trouva Paule devant un tableau. C'était une vieille femme toute ridée en tenue de paysanne qui souriait paisiblement. Une telle douceur émanait de l'œuvre qu'on ne pouvait rester indifférent. Alors qu'il allait hausser le ton, il vit les larmes couler sous les joues de Paule. Décontenancé, il ne sut que dire. Elle sentit sa présence et se retourna.

– Désolée, des fois... enfin... c'est tellement beau. Elle est tellement vivante, douce... comme une grand-mère.

Il s'approcha, touché par l'émotion réelle de Paule.

– Margaretha avait le don de révéler la meilleure part de chacun. Elle adorait faire des portraits et des natures mortes avec des objets.

Ajoutant le geste à la parole, il fit sortir d'un ensemble d'œuvres posées contre le mur, une brouette posée au milieu d'un jardin d'où jaillissaient des fleurs des champs multicolores.

- *Ouah, c'est super trop beau !*

– *Mais c'est quoi cette pièce… Punaise, vous avez vu le vieux monsieur-là !*

Les trois âmes qui revenaient de leur promenade se mirent à voleter dans l'atelier, s'extasiant de tout.

- *On dirait du Géricault !*

– Lucian Freud aussi.

– Pardon ?

– Je disais qu'il y avait des traces de Lucian Freud.

– *Et de Géricault.*

– Et de Géricault.

Gunther Moritz regarda Paule avec un voile d'admiration et de reconnaissance dans les yeux.

– Oui, elle était très douée. Mais personne ne l'a jamais remarqué.

Ils se turent. Quand il posa de nouveau les yeux sur elle, il reconnut son regard.

– Madame Maréchale de Saint-Jean, j'ignore ce que vous avez en tête, mais c'est non.

Ce fut non pendant plusieurs mois. Ce fut non, même quand elle parla d'y associer les dessins d'Ernest. Qui refusa, bien évidemment, lui aussi d'exposer. Paule s'entêta d'autant plus qu'elle était dans son bon droit. Elle insista, argumenta, rassura. Fut soutenue dans son projet par les proches des deux concernés et remporta la mise. Ce soir, les œuvres des deux artistes seraient offertes aux yeux des néophytes et des spécialistes. Ce soir, Margaretha et Ernest seraient encensés selon Paule, moqués selon Ernest et Gunther Moritz.

– Vous pensez sincèrement que je voudrais une exposition si son résultat se transformait en humiliation pour vous ?

Ce fut l'argument décisif. Une fois l'accord arraché, ce fut la course à l'organisation : sélectionner les œuvres, trouver les encadrements, louer un espace, acheter des annonces dans la presse, préparer des documents publicitaires, organiser la soirée d'inauguration. Tout le monde participa : Hannelore aida à choisir les œuvres de sa maman et loua l'espace d'exposition à Zürich. Un bel espace lumineux, à proximité des lieux attractifs, avec une possibilité de parking à proximité. Gunther Moritz s'occupa d'assurer les œuvres de sa défunte épouse et celles d'Ernest. Hans et sa sœur eurent la mission de vendre les catalogues lors de la soirée inaugurale et dans les jours qui suivraient selon leurs envies et leurs obligations scolaires. Justin, Pierre et Paule rassemblèrent les dessins d'Ernest tandis que Geneviève et Marie Simone allèrent acheter les sous-verres. Sarah fut d'un soutien remarquable, remontant le moral de son patron quand celui-ci se mettait à paniquer. Elle eut même l'idée de génie d'inclure des esquisses de chapeaux. Oncle Raymond et le colonel furent embauchés pour faire la circulation lors du déchargement des œuvres. Tels de vrais policiers, ils s'étaient placés d'un bout à l'autre de la rue et laissaient passer les véhicules en alternance. Viviane Atwood se trouva prise par hasard dans la circulation.

– Que se passe-t-il, Mark ?

– Un homme fait la circulation, car un Bulli décharge ses marchandises.

– Un Bulli ?

Viviane Atwood baissa sa vitre et jeta un œil. Un Bulli. Un vrai. Elle haussa les épaules et se remit à lire les résultats de ses derniers investissements.

– Je me demande qui peut bien rouler avec une telle antiquité, marmonna son chauffeur. Ah, enfin.

Passant à côté du Bulli, Viviane jeta un œil. « Forcément », dit-elle à peine surprise.

« Ce soir, nous inaugurons l'exposition réunissant les œuvres de Margaretha Budenmayer et Ernest Villorin. La première ne vit pas son talent reconnu, non parce qu'il était inexistant, mais tout simplement parce qu'elle portait le nom de son époux. Nul ne vit jamais Margaretha Budenmayer, tous virent Mme Moritz. Nul ne mit en valeur son œuvre ou l'acheta, tous achetèrent un tableau de la femme de Gunther Moritz. Il est temps de révéler au public quel talent était le sien. On trouve chez elle les influences de Lucian Freud, Géricault, Schiele, Cranach, Dürer. Autant de grands artistes dans sa palette sombre, tendre, enveloppante. Préférant les portraits, elle y dévoile l'âme de celui qui pose. Choisissant au hasard de ses sensations, elle demandait au modèle l'autorisation de faire une esquisse puis peignait seule dans son atelier. Ou bien jaillissant de son imaginaire, personnages mythiques, figures espérées finissaient par se côtoyer. À ses côtés, ce soir, Ernest Villorin. Mon ami depuis le cours préparatoire. Depuis ses huit ans, Ernest dessine les animaux. Le général de Plessis du Charme, grand-père de lady Ascot ici présente, fut le mentor inattendu de mon ami. Fervent ornithologue, il nous embarqua dans une virée dans la forêt de Neublans pour observer les oiseaux. En rentrant chez ma grand-mère, il lui demanda une feuille, puis usa tout le bloc. À Noël, il reçut un nécessaire à dessin ainsi qu'une énorme pile de blocs. Depuis, il poursuit sa quête de vérisme.

– *Y'a un connard dans le fond qui se moque,* cafta Suzy Suzette. *Genre on est des péquenots.*

– Ernest ne se résume pas à son visage. Tout comme vous ne vous résumez pas à votre costume trois-pièces ou à votre compte en banque, enchaîna Paule. Ce soir, pour accompagner Margaretha, sa famille est venue. Pour accompagner Ernest, sa famille est là aussi. Son parrain, Justin, sa marraine sœur Marie-Odile, nos proches amis du Jura, mais aussi du monde de la finance. Ce soir, vous aurez l'occasion de constater que le talent se cache en chacun de nous. Il suffit de le lire dans les yeux des autres pour s'en convaincre. Il suffit de regarder l'Autre pour le découvrir. Mais cela demande l'effort de se livrer, d'accepter de voir l'Autre s'épanouir, de soutenir l'Autre dans ses moments de doute. Notre société n'est plus prête pour cela. Notre société consomme, dépense, achète, court après l'argent, se remplit d'inutile et de futile parce que ça remplit en oubliant que l'on se nourrit de l'Autre, on s'enivre de lui pour grandir. L'Autre est un Soi que l'on doit protéger, parce que c'est lui qui nous fait exister. Il est temps pour vous d'apprécier les mets culturels et les mets plus prosaïques qui s'étalent sous vos yeux. »

L'assemblée applaudit et se mit à déambuler dans la galerie, intriguée, touchée pour certains par le discours de Paule, indifférente pour d'autres, venus approcher Gunther Moritz. Viviane Atwood était là, elle aussi. Apprenant la date d'inauguration, elle avait demandé à

Gunther Moritz l'autorisation de venir, devant partir pour les États-Unis pour les fêtes de fin d'année et ne revenant qu'en février, période à laquelle l'exposition serait terminée. Celui-ci avait accepté avec plaisir.

– Il est beau n'est-ce pas ?

Viviane Atwood se retourna, les yeux brillants d'admiration.

– Merci d'avoir accepté ma présence. Tout cela est remarquable. Ils ont un talent pour représenter le vrai ! C'est stupéfiant. Le martin-pêcheur là-bas est d'une beauté ! Et cette femme ! D'un réalisme !

Gunther Moritz rougissait sous les compliments.

– J'aurais dû faire plus attention au talent de Margaretha, j'aurais pu...

– Vous n'auriez rien pu du tout. Madame Maréchale de Saint-Jean a pleinement raison quand elle dit que votre femme était vue, mais pas l'artiste. Vous lui auriez fait plus de mal que de bien.

– J'aurais tellement aimé que ce soir, elle soit là.

Un masque de tristesse drapa son visage.

– Je vous comprends.

– Elle est avec vous, fit une voix dans leur dos.

– Ma sœur.

– Je ne vous espionnais pas ! J'ai juste entendu vos propos. Elle est toujours avec vous, chaque jour. Dans ce que vous faites, dites ; dans vos paroles et surtout dans tous les sentiments qui vous animent.

– Je croirais entendre Paule !

La religieuse sourit.

– J'avoue avoir un peu déteint sur elle, répondit-elle en riant.

– Et c'est très bien comme ça. Ma fille et ses enfants l'apprécient beaucoup.

– Vous aussi, sinon vous ne l'auriez pas laissée faire, cela dit, il est difficile de résister à Paule, ajouta-t-elle malicieuse.

– Pardonnez ma question, à quel ordre appartenez-vous ?

Sœur Marie-Odile expliqua alors à Viviane Atwood son ordre et ses activités au sein du couvent. Elle poursuivit en racontant ses liens avec les de Saint-Jean et Ernest. Ses interlocuteurs écoutèrent avec attention et perçurent la grande affection qui liait tout ce petit monde. Affection qui se vit avec les câlins que reçut Paule de la part de ses amis.

– C'est cool hein ? Lança une Paule toute contente.

– Impressionnant ! Tu te reconvertis ?

– Dans tes rêves Lord Ascot ! Gérer les artistes est épuisant.

– Où est Ernest ?

– Il a dû se mettre dans un coin et doit dessiner.

– Tu plaisantes ?

– Non. Hier, il a commencé de dessiner Émeraude. J'imagine qu'il continue.

– Paule ?

– Oui, ma puce ?

Les filles d'Irina étaient présentes et s'interrogeaient sur le nom des chiens.

– Albert le cocker, annonça Paule.

– Bien sûr..., se moqua Sasha.

– Si ! Ça rime.

– Et Jojo ?

– La Générale a toujours appelé ses chiens Jojo. Quant à Titine, c'est une idée saugrenue de ses anciens propriétaires à qui elle avait été offerte, sauf qu'ils n'aimaient pas les chiens.

– La pauvre. Elle est trop belle.

– Et très gentille.

– Tu as eu une bonne idée avec cette exposition. Ça met au jour de nouveaux talents et cela prouve que chacun recèle quelque chose de précieux.

– Alors quel est votre talent à vous ?

– Je dirais qu'Alexia sait coudre mieux que personne.

– Et Sasha, enchaîna sa sœur, ingurgite des livres plus vite que son ombre !

– À ce point ?

– Tu ne peux pas imaginer. Elle a lu ton livre en une soirée !

– Et d'ailleurs, permets-moi de te dire qu'il est très bon. Je l'ai prêté à mon prof de littérature. Je doute qu'il apprécie, mais je le trouve très bon. J'aime beaucoup le ton que tu donnes à Suzy Suzette : en souffrance, mais blasée ; renonçant, mais dénonçant.

– Comme tu le vois, notre fille se lance dans la critique littéraire, intervint Bertrand. Mais je lui donne raison. Ton livre m'a plu aussi. À Irina également.

– Les parents se sont presque battus pour le lire en premier, s'amusa Sasha, du coup, ils s'en sont acheté un chacun !

– Ah, c'est vous alors, les ventes !

– Paule ! Ne me dis pas que ton livre ne se vend pas !

– Si, grâce au bouche-à-oreille.

- *Monsieur Hassan en a vendu cinq dans son épicerie !*

– Oui, et mon épicier joue les libraires.

– Tu attends quoi en vente ? questionna Alexia.

– Franchement, rien de précis. Je sais que mes ventes actuelles viennent de vous tous.

– Et de nos amis ! la coupa Sasha. Moi, j'en ai parlé à toute la promo ! J'ai des amies qui vont l'acheter pour la fête de mères !

– Ah oui, elles anticipent !

– Ne le prends pas mal, hein, mais c'est un cadeau facile et pas cher. Surtout pour un budget étudiant. Et donc si les mères aiment, elles en parleront autour d'elles et hop, à toi la gloire !

– Pfff, comme si cela allait intéresser Paule, soupira Alexia.

– Ben si !

– Si c'était vrai, elle travaillerait avec maman !

Sasha se concentra un instant.

– Bon, d'accord. D'ailleurs pourquoi tu bosses pas avec maman ? Elle dit tout le temps que tu es la meilleure !

– C'est pas trop mon truc.

– Mon œil, sourit Bertrand. Cela dit, cela m'arrange, comme ça tu ne me piqueras pas ma place.

– N'importe quoi, toi.

– Qu'est-ce qui est n'importe quoi ? demanda Irina.

– Que Paule pique le poste de papa.

– Ou le mien.

– Non, mais…

– Ton exposition est magnifique ! Et tu as réussi un coup de maître !

– Comment ça ?

– Regarde ton oncle Raymond.

– Eh ben ?

– Tu as vu avec qui il discute ?

– Ben…

– Seigneur ! Ne me dis pas que tu ne sais pas qui est cet Apollon ?

– Ben…

– Maréchal des logis, tu es indécrottable !

Paule observa le jeune homme qui parlait avec tonton Raymond. Il était presque aussi grand que lui, brun, mince, le cheveu ondulé, avec un costume à la dernière mode. Il émanait de lui une aura de calme, de gentillesse.

– Bon qui est-ce ?

– Judd Templeton, annonça Bertrand.

– Ah.

– Paule ! Les Templeton !

– Ben, oui, les Templeton.

Sasha et Alexia se mirent à rire discrètement.

– Non, mais tu le fais exprès ! La famille du café et du chocolat ! Le cuivre ! Le zinc !

– Ah. Il est donc riche.

– Riche ? Tu m'enlèves le mot de la bouche. Il est chez JP Morgan Chase. Tout comme Viviane Atwood.

– Viviane Atwood ?

– Oui, madame, celle-là même qui discute avec Sœur Marie- Odile, Geneviève et Marie Simone.

– Mais elle est au groupe H.

– Paule, des fois, tu me sidères. Pour une partie de ses actifs. Pas tous.

– Grosse fortune alors.

– Oui. Pas milliardaire, mais avec un beau portefeuille.

– Ben, dis donc, tante Paule, il y a du beau monde, fit Léandre qui venait de les rejoindre. J'ai discuté avec des pontes des finances et des patrons de banque et avec Justin !

– Allons bon ! Et de quoi avez-vous discuté ?

– D'Ernest et toi quand vous étiez petits.

– Ouais, c'est pas joli, joli, ce qu'on a appris, compléta son frère arrivant avec des cakes dans les mains.

– N'importe quoi.

– Est-ce que vous saviez que Paule et Ernest avaient attaché une corde sur les hauteurs d'un pommier pour jouer à Tarzan ?

– Non, mais, c'est pas intéressant.

– Oh que si ! Paule s'est élancée pour rejoindre le cerisier qu'elle s'est pris en plein visage !

Elle sourit.

– Tu n'as pas fait ça ?

– Elle défonce bien les portes à coup de fusil, alors... répondit le mari d'Irina.

– Alors d'abord, c'est parce qu'on n'avait pas vu que la corde était trop petite.

– Tu as dû avoir super mal, grimaça Sasha.

– Oui, mais bon, après j'ai eu de la crème au chocolat !

– Ta grand-mère ne t'a pas disputée ?

– Non. J'avais peur, mais non. Elle m'a dit : « la prochaine que tu veux faire des cascades demande à Justin de t'aider. Parce que je vais finir par manquer de Mercurochrome® ! ».

– Elle t'a mis...

– Oui, et Paule avait le visage tout rouge !

Ernest venait de les rejoindre.

– Regarde !

Fièrement, il montra son esquisse d'Émeraude.

– Ernest Villorin, tu es doué !

Rassuré, confiant, Ernest les laissa et, en compagnie de Sarah, fit le tour des invités présents.

– Eh ben, Ernest qui joue les VRP !

– Il a dessiné et cela l'a apaisé, expliqua Paule. Et puis, il y a Sarah.

– Aha, se moqua affectueusement Bertrand, cherchez la femme !

Paule lui donna un coup de coude.

– Paule, une dame voudrait te parler. Elle est avec papy.

– Madame Atwood.

– Bonsoir Madame Maréchale de Saint-Jean, sœur Marie-Odile m'a dit que vous aviez des catalogues en vente. Je pars pour les États-Unis pour un mois et votre exposition sera terminée à mon retour.

– Je vais vous chercher cela.

Paule revint avec une pile de catalogues.

– Voilà. Servez-vous.

Viviane Atwood feuilleta l'ouvrage.

– Il est très éloquent. On apprécie les œuvres. À qui avez-vous fait appel pour les photos ?

– Euh, à personne. Je les ai faites.

Viviane la regarda avec une étrange expression dans le regard.

– Décidément, vous êtes déconcertante.

– C'est mon talent, s'amusa Paule.

– J'ai bien peur que votre talent soit multiple. Combien le vendez-vous ?

– Puisque c'est l'inauguration, il est offert.

– Bien sûr. Combien le vendez-vous ?

– *Donnez-lui le prix, elle vous a à la bonne,* lui chuchota Auguste.

– *Pourquoi tu chuchotes, vu que les autres ne nous entendent pas ?*

– *Parce que c'est en phase avec la situation.*

– *Ouais, ben le gros plouc là-bas, il est pas en phase,* fit remarquer Suzy en montrant Sébastian du doigt.

– *Quel affreux bonhomme !*

– *Sim, il est pas affreux, il est pire : ambitieux. Le monde littéraire en était rempli. Et pas que le monde littéraire du reste.*

– Un baron de Nucingen, commenta Paule.

Viviane Atwood suivit la direction de son regard.

– Bien vu. L'archétype du banquier. Je ne m'étais jamais aperçue à quel point certains agissent comme ce personnage de Balzac. Fort heureusement, il y en a peu, mais ce sont ceux-ci que les néophytes de la finance et les médias retiennent. Ils masquent les 90 % qui font très bien leur travail. Vous savez que je les ai tous lus les Balzac ? Et en français ! Ma maman estimait, et estime toujours, que toute personne cultivée, ou qui se prétend telle, doit maîtriser la langue de Molière et connaître les classiques. Je lui suis très reconnaissante pour cela.

– Votre maman a raison. La mienne pensait que celle de Goethe était nécessaire à la vie. Et ne me demandez pas pourquoi, je n'en ai aucune idée.

- C'est Suzanne qui lui a dit. Elle aimait beaucoup Hans Matthias.

– Ah, ben oui, forcément.

– ?

– Pardon, il m'arrive de parler toute seule.

– Je pense que c'est une bonne pratique. On ne peut, en effet, qu'être d'accord avec soi-même. Vos amies m'ont dit que vous aviez écrit un livre ?

Auguste fit signe à Suzy de se taire. Tous deux écoutaient avec attention la conversation, prêts à fondre sur l'éventuelle Mata Hari cachée en Viviane Atwood. Ils avaient rapporté à Simonetta la conversation entre elle et son détective ce qui eut l'heur de l'inquiéter. Depuis, ils étaient très vigilants. À la moindre suspicion de danger, ils dévoileraient la vérité à Paule.

– En effet. Rien de prétentieux, l'histoire d'une vie oubliée.

– Très bien écrite à ce qu'elles m'ont dit.

– Disons que je ne m'en sors pas trop mal. Cela dit, je ne suis pas dupe. Cet écrit ne plaira pas à tout le monde. Certains n'y verront aucun intérêt, d'autres le trouveront sans envergure, sans épaisseur.

Viviane Atwood faillit se vendre. Elle avait adoré le livre. Simple, clair, documenté, au style alerte, porteur d'une certaine mélancolie. Et un récit tellement juste. Émouvant, drôle, le texte ne laissait pas indifférent. Mais elle lui concéda que tous les lecteurs ne seraient pas forcément satisfaits. D'où le bouche-à-oreille. On ne parle mieux d'un livre que lorsqu'on l'a lu et apprécié. Viviane le conseillait aux francophones de son entourage, mais ils étaient peu nombreux. Elle envisageait donc une traduction en allemand et une diffusion dans son magazine sous forme de feuilleton. Cependant, il lui fallait l'accord de Paule et surtout bien la connaître.

Stephen, quant à lui, continuait son enquête à son sujet et rien ne la stupéfiait plus que ses rapports hebdomadaires. Elle apprit ainsi qu'elle avait sauvé le poste de sa concierge ; qu'elle voyait son amoureux deux fois par semaine, que ce dernier était beau comme un dieu, mais qu'aucun ne semblait envisager une vie commune ; que son ex-mari lui rendait visite et que c'était l'occasion d'une promenade autour du lac « ils doivent parler de leur fille, car ils ont un comportement attachant, émouvant » ; que sa maison dans le Jura était finie et qu'elle attaquait les travaux dans le jardin ; que son neveu de Langres venait une fois par mois lui apporter des semis et organiser l'espace ; qu'elle s'était rendue à une foire rurale à Longwy sur le Doubs tout le week-end et qu'elle s'y était amusée avec son oncle, ses parents et leurs amis et le lendemain avec son amoureux, qu'elle y avait acheté tout un tas de babioles et surtout une boîte de boules au chocolat « super trop bonnes ». Une vie tellement différente de la sienne se dessinait sous ses yeux en totale inadéquation avec les capacités de gestionnaire de patrimoine de Paule.

Ce soir, en discutant avec Lord et Lady Ascot, Bertrand et sa femme, elle avait appris que Paule était une trader née. Ils savaient qui elle était et entendaient bien faire la promotion de leur amie. Elle avait souri intérieurement. Leur approche avait été fine. Ils étaient tous en train d'admirer une grenouille quand elle s'était approchée avec sœur Marie-Odile. La reconnaissant, ils avaient entamé une conversation banale et très agréable, jusqu'à ce que Bertrand Polochon, profitant du départ de la religieuse allant aider Geneviève et Marie Simone à servir les invités, n'amène la conversation sur les qualités financières de Paule. Irina et Lady Ascot avaient surenchéri, tout en délicatesse et diplomatie. Leur objectif n'était pas de lui faire quitter JP Morgan Chase, mais lui faire comprendre que parfois, les compétences pouvaient se trouver ailleurs. Bertrand voulait surtout démontrer qu'on peut être doué sans être vaniteux comme Sébastian dont il avait fait la connaissance et dont l'ambition lui avait fait perdre l'odorat tellement chaque pore de son corps l'exhalait. Viviane Atwood l'avait elle-même constaté quand ce dernier s'immisça de façon fort opportune dans sa discussion avec Günter Moritz.

– Beaucoup sont venus pour mon nom, avait-il soupiré.

– Et beaucoup pour celui de Madame Maréchale de Saint-Jean, avait-elle répondu énigmatique.

Comprenant le sens de la remarque, il sourit.

– Et ils ont raison. Paule est déroutante, parce qu'en opposition à l'univers de la finance ou à l'image qu'elle donne. Je pense qu'il en existe d'autres comme elle. Enfin, je l'espère.

Petit à petit, la soirée arriva à sa fin et chacun partit avec un catalogue. Trois — en dehors des amis de Paule — seulement tinrent à l'acheter : maître Aberfeld qui passa sa soirée à discuter chasse avec Justin et le colonel ; Viviane Atwood et Judd Templeton.

– Madame Maréchale de Saint-Jean, je tenais à vous remercier pour cette exposition d'une rare qualité. Je suis votre obligé pour cette agréable soirée que je viens de passer. J'ignore quel est votre talent, mais j'espère que l'occasion se présentera de nouveau pour que je puisse le découvrir.

Le ton était aimable sans sous-entendu vulgaire. Judd Templeton faisait simplement comprendre à Paule qu'elle l'intriguait. Il avait discuté avec oncle Raymond qui filmait avec une caméra super 8 et avait été fasciné par les connaissances du vieil homme.

– *La vache ! Ça c'est du rendre dedans où je m'y connais pas !*

Simonetta apprécia moyennement.

– *Chérie, la vie est courte. Ce gars-là, il est beau comme un paon. Paule lui plaît, moi je dis, faut y aller !*

– *Oui, non, mais, c'est pas comme si on avait un amoureux dans le Jura*, rappela Auguste.

– *Un amoureux qui va se faire la belle !*

– *Il ne se fait pas la belle !* la reprit Simonetta. *Il envisage une mission en humanitaire. C'est différent.*

– *Écoute, Sim, je sais, l'amour, faut être fidèle, etc., mais si le beau gosse, il veut faire du bien à Paule, moi je dis, faut le faire.*

– *Suzy !*

– *Doucement, mesdames, tout cela n'est que spéculations. Il faut d'abord que le doc se décide, qu'il en parle à Paule et après on verra.*

– *Ils en ont déjà parlé !*

– *Ils ont parlé de où, de quand, de pourquoi, mais pas encore de « que se passera-t-il si cela me plaît et que je reste là-bas ».*

– *Vous croyez qu'il pourrait ne pas revenir ?* s'affola Simonetta.

– *Vous avez entendu les récits de Raymond, vous avez vu les films, vous avez vu la tête du gamin devant les images ?*

– *C'est horrible !*

– *Mais n'importe quoi ! Ça s'appelle la vie !*

– *Il aime Paule !*

– *Et alors, il aime aussi son métier !*

– *Bon, on arrête de penser à leur place. On verra.*

– *Eh, cria Suzy, le salopard jette son catalogue qu'on lui a donné !*

Sébastian venait de le faire, en effet. Il était venu se placer auprès de Gunther Moritz ayant pour objectif de le ravir à Paule. Il ne vit pas que Viviane Atwood sortait à ce moment-là. Elle se dirigea vers la poubelle, récupéra l'ouvrage et monta en voiture. Une fois rentrée chez elle, elle alluma son ordinateur et envoya le message suivant à son chargé de communication « Depuis hier soir, une exposition a ouvert ses portes à Zürich présentant les œuvres méconnues de deux artistes : Margaretha Budenmayer et Ernest Villorin. Maîtres du vérisme, ils mettent en exergue, dans leur art respectif, la beauté de l'humain et de la nature. Entrée gratuite, catalogue de l'exposition et objets souvenirs. À voir absolument ». Elle avait décidé de mettre son magazine au service de Paule. Le lendemain, l'annonce apparaissait sur le site de « Kultur Mag » et la semaine suivante dans la version papier. Noël passé, Paule dut faire une nouvelle impression du catalogue et commander de nouveaux crayons.

– *Les gens achètent parce que c'est beau, pas cher et utile,* avait déduit Auguste.

Les bénéfices des ventes, en effet, devaient aller à une association catholique achetant les fournitures scolaires, les droits d'inscription, les uniformes, les bus pour les filles dans les pays où leur instruction passait au second plan.

2019

Février.

– Merci d'être venue. Prenez place, je vous en prie ! Voulez-vous un chocolat chaud ? J'en ai fait préparer avec des brioches. Laissez-moi vous servir.

- *Ouais, méfie-toi qu'il n'y ait pas du poison dedans.*

– *Suzy ! Quand même !*

– *Ouais, ben, le gars-là, je me méfie.*

– *Paule nous a dit que c'était sûrement le rendez-vous pour rendre officiel son départ.*

– *Il n'empêche que je suis comme Suzy, je me méfie,* intervint Auguste, méditant, *Paule a démissionné depuis un moment et c'est toujours pas effectif.*

– *Ben, chez les rupins, peut-être que ça met du temps à monter au cerveau.*

– *À mon avis, il y a anguille sous roche.*

Doucement, ils se retirèrent de la pièce. Enfin, presque. Paule devina leurs visages en relief sur le mur.

– Je vais aller directement à la raison de votre venue. Nous ne souhaitons pas votre départ. Pour être précis, les deux directeurs que je représente et moi-même désirons vous garder.

Paule porta sa tasse à ses lèvres montrant ainsi son intérêt à écouter la suite.

– Quand mon père a fondé le groupe en 1930, il envisageait de garder une structure familiale au service de patrimoines familiaux. Un peu comme Rothschild. Pour survivre, il s'est associé à deux autres banquiers, ce qui sauva le peu de fonds qui restaient après le passage de la crise. Parce que cela fut une vraie crise. Il a fallu remonter une pente vertigineuse. Mais ils l'ont fait. Hastings, Harvey et Hanson. Le groupe H.

Il se leva et se dirigea vers la fenêtre.

– Mon père doit se retourner dans sa tombe en entendant le nom dont nous sommes affublés. Le groupe H ! Soi-disant que c'est plus facile pour les clients, la marque ! Foutaises ! Hastings, Harvey et Hanson, c'est quand même plus classe ! Plus sérieux. Mais non, tout le monde a oublié le nom des fondateurs. C'est pourtant facile à dire non ? « Je suis chez Hastings, Harvey et Hanson ».

Il soupira.

– Bref, dit-il se rasseyant. Vous êtes douée, Madame Maréchale de Saint-Jean, très. Je suis même sûr que cela va au-delà de ce que j'imagine. Je ne cherche pas à vous flatter, c'est un fait. Günter Moritz ! Vous avez réussi à convaincre Günter Moritz ! Vous n'imaginez pas le nombre de fois où j'ai tenté ma chance. Où nous avons tous tenté notre chance. En vain. Vous arrivez de votre agence locale, avec quelques dossiers chez nous et vous décrochez le Graal. Là où nous nous sommes tous,

Rothschild compris, cassé les dents. Un rendez-vous et un portefeuille! Dietrich n'en revenait pas non plus. Günter Moritz. Et maintenant, Madame Atwood. Vous ne vous en doutiez pas?

Il souriait devant le regard étonné de Paule.

– Vous lui avez tapé dans l'œil. Elle a peu d'actifs chez nous, préférant, comme tout américain, la banque américaine. Mais malgré tout, son portefeuille est conséquent. Contrairement à ce que pense Sébastian, nous ne pourrons jamais égaler les dix plus grandes banques mondiales. Vous avez vu leurs actifs? Plus de deux mille milliards de dollars! Nous faisons figure de parents pauvres. Et cela me convient, car cela respecte la volonté des fondateurs. Mais si je vous laisse partir, Viviane Atwood vous suivra. Et aucun de nous ne pourra la convaincre de rester. Aucun.

Il fit une pause, goûtant le breuvage dont il raffolait.

- Avec Atwood et Moritz, reprit-il, vous vous offrez une clientèle fastueuse. Je sais que cela ne vous intéresse pas plus que cela, que vous cherchez avant tout à rendre service, à permettre à des entreprises de créer des emplois. Comme tous ceux qui exercent notre profession, d'ailleurs. Mais, par votre attitude et vos compétences, vous êtes un atout pour n'importe quel établissement bancaire. Nous avons réussi à vous partager avec Rothschild, j'aimerais que cela continue. J'en ai discuté avec Dietrich et son service juridique. On peut s'arranger pour que vous restiez analyste financier et gestionnaire de patrimoine chez Hastings, Harvey et

Hanson tout en étant gestionnaire de patrimoine chez Rothschild. Vos résultats sont éloquents : l'entreprise Beaufort a doublé ses bénéfices ; vous venez de récupérer une demande d'un laboratoire de Lyon ; Günter Moritz vous laisse gérer en totale autonomie ; il vous envoie ses amis. Votre force de travail est impressionnante. Tout est fait dans les temps, sans stress, comme si c'était de la routine. Accepter votre démission serait de la folie pure. J'aimerais que vous reveniez sur votre décision.

Il suspendit la suite de son discours pour observer la réaction de Paule. Cette dernière demeurait impassible.

- Je sais que la nouvelle politique du groupe vous heurte, mais vous savez comme moi que ce n'est qu'un passage, ça ne va pas durer. Les hommes et femmes de la trempe de Sébastian ne restent pas dans les petits établissements, enfin dans ceux de moins de mille milliards de dollars d'actifs. Laissez-le se créer une clientèle, laissez son ambition l'emmener loin. Il ne sera pas facile à côtoyer, car il ne semble pas vous apprécier, mais vous avez le talent pour passer outre. C'est un jeunot qui se fait les dents. Il est brillant, mais loin de votre sphère. Vous êtes bien au-dessus. Je sais qu'il incarne ce que vous n'aimez pas dans ce milieu. Mais c'est un parmi des milliers. Il en faut des comme lui pour qu'on se rappelle pourquoi nous faisons ce métier. Il va attirer de grandes fortunes. Vous aussi. Vous les gérerez à votre façon et le monde en sortira grandi. Et puis…

Il hésita un court instant.

– J'ai soixante ans. Mon père est resté à la direction de cet établissement jusqu'à ses quatre-vingt-quinze ans. Parfaitement lucide. J'ai pris sa place.

Il se racla la gorge.

– En 2017, Rothschild a fusionné avec Maurel donnant naissance à un autre groupe, toujours avec l'esprit de famille. Je veux retrouver cela. Je veux que le groupe H redevienne Hastings, Harvey et Hanson. Je ne veux pas rivaliser avec mes concurrents, je veux rester sur le marché et attirer de jeunes entreprises porteuses d'avenir. J'ai bien l'intention de durer à la tête du groupe et de ne laisser ma place qu'au pire à quatre-vingts ans, au mieux à quatre-vingt-dix. Cela me laisse au minimum vingt ans pour vous préparer à prendre ma succession.

Paule entrouvrit la bouche.

- *Ah, ben, celle-là, je l'ai pas vue venir !*

– *Il a dit quoi en fait ?*

– *Il a dit qu'il mettra Paule à la tête du groupe quand il partira en retraite.*

– *Et c'est bien ?*

– *Tu m'étonnes ! Un réel succès ! Une victoire retentissante ! La gloire !*

– *Ah ouais ? Bon, ben, alors c'est bien.*

– *Suzy ! Tu imagines ? La gamine du Jura ! La nièce de tonton Raymond ! La fille d'épiciers ! À la tête d'une banque suisse !*

– Ben, je me rends pas bien compte, en vrai. Ben, Sim, pourquoi tu pleures ?

– Suzanne serait tellement fière !

– Tu m'étonnes ! Alors ça ! La Suisse ! Sans déconner ! Patron d'une banque !

– Faudrait d'abord qu'elle dise oui, fit remarquer Suzy, pragmatique.

Paule était restée très silencieuse. Elle analysait les tenants et les aboutissants, triait les vérités des mensonges. Markus Hanson attendait, un peu anxieux, sa réponse.

– Comment allez-vous convaincre vos trois autres directeurs ?

Il sourit, soulagé.

– Ils vont s'opposer à ma proposition, c'est une évidence. Mais vous avez un atout.

– Viviane Atwood, répondit-elle après un temps.

Il acquiesça.

– Je ne lui donne pas deux mois avant de vous contacter.

– J'ai rendez-vous avec elle à la fin du mois.

Il ouvrit la bouche de stupéfaction.

– Là ? Ce mois-là ?

– Oui. Madame Atwood voudrait m'entretenir d'un projet marketing autour de l'exposition Budenmayer-Villorin.

- *Alors là, c'est lui qui a rien vu venir.*

– Je suis... je... Il appuya sur son interphone. Jeanne ? Pourriez-vous dire à Mathilde et Karl de venir me rejoindre ? Merci. Ils espéraient votre réponse autant que moi.

Les deux autres directeurs entrèrent quelques minutes plus tard.

– Madame Maréchale de Saint-Jean renonce à sa démission.

– Oh, merci ! C'est une excellente nouvelle ! Bienvenue chez Hastings, Harvey et Hanson !

Ils lui serrèrent chaleureusement la main.

– Madame Maréchale de Saint-Jean a rendez-vous avec Viviane Atwood à la fin du mois.

– Alors là ! Fantastique.

– C'était écrit !

Ils s'assirent et partagèrent avec elle leurs objectifs, leurs envies, leurs espoirs.

– *Bon, qui vient visiter la chocolaterie suisse ? On va les laisser papoter.*

– *Moi !!!! Mais, c'est nul, on pourra pas en manger.*

– *Nous non, mais Paule, si.*

– Monsieur ?

– Oui ?

– Madame Maréchale de Saint-Jean est arrivée.

– Parfait, faites-la entrer.

Bertrand lui fit signe de prendre place sur le canapé le temps qu'il termine son courriel. Il vint ensuite l'embrasser et prit place sur le fauteuil en face.

– Je suis tout à toi.

– Hanson de chez Hastings, Harvey et Hanson, le groupe H, précisa-t-elle.

– Le groupe… Merde, j'avais totalement oublié qu'il s'appelait comme ça en vrai. Continue, pardon.

– Hanson m'a demandé de rester.

Un large sourire anima le visage de Bertrand.

– J'ai accepté.

Elle s'arrêta ne sachant comment poursuivre.

– Je ne sais pas si c'est une bonne idée. J'ai tourné ça dans ma tête depuis une semaine et je ne suis pas sûre…

– De quoi ?

– D'être à la hauteur, finit-elle pas dire. J'ai toujours aimé mon travail. C'était facile, simple, utile, accessible. Pas de prise de risque, pas d'angoisse, de remords, de peur de mal faire. Je le maîtrise parfaitement. Comme une routine rassurante. Mais là...

Il resta silencieux et attendit la suite.

– Je ne sais pas si je dois rester dans cette branche. La banque privée, ce n'est pas mon truc, je crois.

– On a tous peur, Paule, tous. De faire une erreur, de faire perdre de l'argent. Tu es dans la finance depuis combien ? Vingt ans ? Combien d'erreurs as-tu commises ?

– Aucune. Mais c'est normal. C'était facile, classique.

– D'accord. Tu es analyste depuis quand ?

– 2016.

– 2016. Bon, combien d'erreurs as-tu commises ?

– Bertrand, ça n'a rien à voir !

– Combien ? insista-t-il.

– Aucune.

– Tu es gestionnaire de patrimoine depuis ?

– 2017.

– Combien...

– Bertrand, soupira-t-elle.

– Combien ?

– Aucune.

– Parce que c'est facile ?

– Je…

– Réponds, Paule, parce que c'est facile ?

Elle prit le temps de réfléchir.

– Non.

– C'est dur ?

– Non.

– Alors pourquoi ?

– Parce que j'ai eu de la chance.

– De la chance ? Chérie, de la chance ? Günter Moritz, c'est de la chance ?

– Je lui ai présenté un projet qui lui a convenu.

– Beaufort ?

– Non, mais là, c'était facile, fallait juste trouver le bon secteur.

– Bien sûr. La porcherie de mes parents ?

– Mais…

– L'argent pour Ernest ? Pour le couvent ? De la chance aussi ? La cidrerie ? Qui a eu l'idée ? Pourquoi cela a-t-il été facile de convaincre les investisseurs ? Pourquoi,

Paule ? Parce que tu es douée. Réellement. Tu es faite pour ce milieu. Noémie a bousculé la donne, mais en réalité, tu serais à ma place. Non ! Ne me dis pas que c'est faux ! C'est vrai. Je sais que ce n'est pas facile pour toi en ce moment. Ernest t'a fait un immense cadeau avec ce portrait de ta fille. Je sais que cela a rouvert les blessures. Mais, s'il te plaît, pour une fois, accepte de regarder la vérité : tu es faite pour la banque privée. Si nous n'avons pas mal tourné à force de tripoter autant d'argent, c'est grâce à toi. Tu as fait le choix de la province, pas seulement pour ta fille, mais aussi parce que tu ne voyais pas l'intérêt d'être chez Rothschild. Maintenant, tu changes de sphère parce que les opportunités se présentent et que tu peux agir comme bon te semble avec des sommes plus grosses. Tu ne fais rien d'autre que ce que tu faisais avant. Simplement, ta clientèle a changé. Tu ne renies pas ton passé de conseillère financière d'une agence locale ni ton passé de maman en acceptant les offres qui se présentent. Tu ne renonces à rien. Tu es toujours la même : petite fille du Jura qui mange des Kinder™, boit du Coca™ et est allergique à la prune !

Elle sourit tristement.

– Chérie, écoute, Ernest est venu nous parler de tes doutes. Non, ne te fâche pas, il ne nous a rien dit, juste que tu doutais de toi.

– Tu ne comprends pas, dit-elle en pleurant, j'ai fait tout ça pour Noémie. Tout. Renoncer à la finance n'était rien, cela s'est fait naturellement, mais là, j'ai l'impression de renier ma fille. Je suis par monts et par vaux, des fois, j'ai peur d'oublier d'aller sur sa tombe. De l'oublier, elle, parce que je joue dans la cour des grands. Elle me manque tellement.

Bertrand, très ému, ajouta ses larmes à celles de son amie.

– Tu ne pourras jamais oublier ta fille. Jamais. Tu peux être aux quatre coins du monde, courir après le temps, gérer des milliards, jamais tu ne l'oublieras. Jamais tu n'oublieras d'aller lui rendre visite. Jamais. C'est dans ton ADN.

Ils pleurèrent en silence dans les bras l'un de l'autre.

– Si j'avais pu prendre sa place, je l'aurais fait. Nous l'aurions tous fait. Tous. J'aimerais te la rendre, te voir sourire de nouveau, j'aimerais que tu te sentes rassurée, entourée. Que tu ne pleures plus, que tu ne souffres plus. Mais voilà, je gère des millions et je ne peux pas te soulager.

- *Nous, on est morts, et on peut pas non plus.*

– *Paule,* appela doucement Auguste, *elle vous manque, oui, mais au Paradis, elle ne souffre plus. Elle vit une vie d'ado avec vos grands-parents.*

– Et si le Paradis n'existait pas en fait ?

- *Alors nous ne serions pas là. Pourtant, Suzy et Simonetta sont bien à mes côtés. Pourtant les Parques ont autorisé Suzy à rester en échange de la rédaction d'un livre sur elle. Pourtant, Suzy essaie de vous faire un câlin alors qu'elle sait pertinemment qu'on passe à travers. Nous ne sommes pas des voix dans votre tête. Nous sommes bien là. Peut-être que d'autres aimeraient avoir votre don, mais non. Vous êtes la seule à nous voir. Peut-être que d'autres voient d'autres morts, je sais pas, mais on est là. On est morts et on est là. Nous sommes vos amis. Et je vous promets que Noémie est heureuse. Je vous le promets. Je ne peux pas éteindre votre détresse, je peux l'adoucir. Vous ne trahissez pas vos valeurs ni le Jura. Ça aussi, je vous le promets.*

– Bertrand, renifla-t-elle, tu crois que je trahis Noémie ?

– Paule, mais... Non, bien sûr que non ! D'où te vient cette idée ?

– Je suis en vie et pas elle, dit-elle dans un murmure.

– Oh, ma Paule ! Non, grands dieux non ! Tu crois que si tu étais morte, ça serait mieux ? Tu serais avec au Paradis ? Et nous ? Et tes parents ? Et Ernest ?

– *Il a raison, Paule, tu ne peux pas te reprocher de vivre. Crois-tu que Suzanne apprécierait ce genre de propos ? Elle a continué de vivre après la mort d'André. Elle s'est consacrée à toi. Aurait-elle dû mourir et te laisser ?*

– C'est dur de s'imaginer vivre sans ceux qu'on aime, mais Dieu nous a donné la vie éternelle. Nos morts vivent dans nos actes, nos paroles, nos pensées vont vers eux. On doit tout faire pour les rendre fiers, pour montrer à quel point ils nous ont aidés à grandir, à nous construire, à nous rendre meilleurs pour rendre le monde meilleur. C'est ce que me disait toujours mon père quand il avait une soudaine peur de mourir.

Il se tut.

– Des fois, je me demande ce que serait ma vie si elle était là.

Il lui sourit.

– Tu aurais été une nouvelle fois harcelée par Rothschild. Et je me serais jeté à tes pieds pour que tu acceptes.

– N'importe quoi, dit-elle se mouchant.

– Si. Ça, j'en suis sûr. D'ailleurs, Hanson a dû s'en douter.

– Comment ça ?

– Paule, il te propose un poste en or. Poste que nous t'aurions, sans nul doute, offert, une fois Atwood dans tes filets.

– Que ? Mais ?

– Non ? Ne me dis pas que tu n'as rien vu ? Mais, si ! Elle a rien vu ! Maréchal des logis, tu es indécrottable comme dirait une personne que nous connaissons bien. Elle était à ton vernissage !

– Elle était l'invitée de Monsieur Moritz.

– Bien sûr.

– Mais si !

– Paule ! Ouvre les yeux ! Elle est venue pour toi. Et bientôt, ce sera Templeton.

– Mais !

- Le beau gosse ? On prend !

– Suzy, rouspéta Simonetta.

– Il est pas beau peut-être ?

– Ça n'a rien à voir.

– Oh, ce que tu peux être coincée !

– Paule, laisse-moi te rafraîchir la mémoire, tu veux ? À ta sortie de l'ESCP, Rothschild te fait les yeux doux. Tu argues de Noémie. Après, c'est la Deutsche Bank, tu dis non. Puis Mitsubishi qui apprend que tu connais Gabrielle et que tu as réussi un coup fumeux en Bourse.

– Un coup fumeux ? Quel coup fumeux ?

– Rien, Arturo allait perdre son café, on a misé un peu et voilà.

– Un peu ? Paule ! Tu lui as fait décrocher cinq cent mille euros ! D'un coup !

– Non, mais c'est bon, y'avait une opportunité. Coup de chance.

– Je rêve ! Tu m'épates. Et je n'oublie pas Morgan Chase qui est venu récemment te faire du pied.

Elle le regardait assez stupéfaite.

– Tu dois te tromper, je ne me rappelle pas vraiment…

– Le doc Vallin avait donc raison, triompha Auguste, *vous aviez oublié !*

– Je ne vois pas en quoi avoir oublié est une bonne nouvelle.

– *Parce que tu as déjà refusé de belles offres,* analysa Simonetta,

– *Et que votre fille « est peut-être pas à l'origine des refus ». Le doc l'a dit. « Votre vie tourne autour de votre fille parce qu'elle vous manque terriblement, parce que le traumatisme a été violent. Vous pensez donc que toutes vos décisions ont toujours été prises en fonction d'elle »,* récita Auguste. *Alors qu'en fait, vous viviez avec votre fille, pas pour votre fille.*

– *C'est vrai, elle a bien insisté sur la différence,* appuya Suzy. *On vit avec les gens, on les aime, on les soutient et patati et patata, mais on vit pas pour eux.*

– *Maintenant, vous devez vivre dans le souvenir de Noémie, pas en fonction de Noémie.*

– *Chérie, Auguste a raison et ta thérapeute te l'a dit : tu ne peux pas culpabiliser d'être en vie. Quand elle était là, tu travaillais, mais tes décisions ne relevaient pas de ta fille. Seulement de toi.*

– *Soyons honnêtes, pourquoi avez-vous refusé les jobs ?*

– Mais je ne les ai pas refusés !

– C'est étonnant que tu ne t'en souviennes pas, poursuivait Bertrand, indifférent aux phrases incohérentes de son amie. Mais je peux t'assurer que tu as dit non. D'ailleurs…

Il se leva et farfouilla dans un classeur.

– Ah, voilà ! Lis toi-même. J'ai tout gardé au cas où.

Paule prit la feuille et lut « Monsieur Polochon, nous avons fait une proposition à Madame Maréchale de Saint-Jean qu'elle a déclinée. Nous avons appris récemment qu'elle avait perdu sa fille et nous regrettons, très sincèrement, d'être tombés à un si mauvais moment. Les compétences de Madame Maréchale de Saint-Jean nous intéressent fortement. Je sais que nos banques sont rivales, mais si vous constatiez, dans le futur, une meilleure disposition de sa part, pourriez-vous nous en faire part, afin que nous réitérions notre démarche ? ». Le courriel était signé d'un DRH de JP Morgan Chase et datait de 2014.

– *La vache !*

– *Pas mieux.*

Paule en resta coite.

– Je ne t'en ai pas parlé, parce que ce n'était pas le moment. Irina n'a pas voulu qu'on t'embête avec ça. Pour le Japon, c'est Gabrielle qui a été leur interlocutrice et qui leur a expliqué que tu avais perdu ta fille. Ils avaient fait la demande quelques mois après sa disparition. La Deutsche Bank, je l'ai su par hasard, lors d'une conférence internationale à Berlin. En revanche, dans leur cas, le poste ne pouvait pas te plaire, y'avait pas assez de données à gérer.

Il rit.

– Je leur ai dit que tu étais un véritable ordinateur et que tu te nourrissais de chiffres. Le poste était plutôt porté sur la paperasse et le public relation. Pas du tout ton truc. Même si ton discours à la soirée était remarquable de justesse.

Paule se taisait.

– Paule ?

– Oui, j'essayais de me rappeler. J'ai quand même pris mes décisions en fonction de ma fille.

– Je ne crois pas. Tu maitrises ton travail. Tu as refusé Rothschild parce que tu n'avais pas envie de vivre à Paris. Regarde ! Là, tu as accepté à condition de vivre à Dijon.

– Parce que Noémie y est enterrée.

– Parce que c'est ta ville. Les Allemands, le poste ne convenait pas à ton processeur intégré. Les USA, tu ne veux pas aller habiter là-bas. Et le Japon est trop loin de ton Jura.

Un franc sourire éclaira son visage.

– Et si nous allions déjeuner ? J'ai découvert une petite trattoria, du feu de Dieu.

– *Eh ben, si la frangine l'entendait…*

– *Suzy, on dit religieuse.*

– *On dit comme on veut. Moi, je l'aime bien, mais ça reste une cornette quand même.*

– *Simonetta, il est inutile d'essayer d'inculquer les bonnes manières à cette enfant. Elle est perdue. La preuve, les Parques, nous la refilent !*

– *Eh !*

Suzy se rua sur Auguste au travers duquel elle passa.

– *T'as de la chance que je sois morte !*

– Non, c'est moi qui ai de la chance.

- *Oh, mon doudou.*

Une nouvelle fois, Suzy voulut faire un câlin à Paule.

- *C'est fou, hein ? On lui dit qu'on passe au travers, et ben, elle y va quand même.*

– *C'est tout de même agaçant.*

– *Chiant, Sim, tu peux dire chiant. C'est un gros mot, mais ça veut dire ce que ça veut dire.*

- *Suzy…*

– Bonjour, Stephen.

– Madame Atwood.

– Paule arrive demain. Dites-moi ce que vous avez découvert de nouveau.

– Madame Maréchale de Saint-Jean a passé ses fêtes normalement. Cependant, il a dû se passer quelque chose, car depuis, elle est triste. Vraiment. La semaine dernière, elle est allée en Suisse, au groupe H. Elle a été reçue par Hanson qui a été rejoint par deux autres directeurs du groupe. De ce que j'ai appris, elle a renoncé à sa démission.

Viviane Atwood se redressa, montrant un intérêt accru.

– Il a dû lui faire une offre.

– Je le suppose. A priori, ils la maintiennent en analyste financier et lui ouvriraient les portes de la gestion de patrimoine. La réception lors de l'exposition a dû les faire réagir. Il n'y avait que du gratin.

Elle sourit.

– Poursuivez.

– Je pense qu'il y a autre chose, car elle est allée quelques jours plus tard à Paris rencontrer son ami Bertrand Polochon. Les retrouvailles ont été émouvantes, car ils sont sortis les yeux rougis. Ils sont allés déjeuner dans une trattoria du huitième, tenue depuis dix ans par une connaissance : Giovanni Maltese. Sarde, fils d'Arturo Maltese, ancien propriétaire du café. Madame Maréchale de Saint-Jean faisait des livraisons pour lui du temps de ses études. Les Maltese ont eu des soucis avec la Mafia napolitaine quand ils ont voulu arrêter les jeux d'argent. Il fallait payer une dette. Remboursée. Le père est reparti en Sardaigne avec la famille et Giovanni est resté. Il était videur dans une boîte, puis a décidé d'opter pour une vie plus saine quand le petit Giorgio est arrivé. Fils de sa sœur, il a perdu sa mère à l'âge de cinq ans. Elle l'élevait seule. Giovanni a changé de vie pour le petit. Il a ouvert une trattoria et élève le gamin avec son compagnon.

Viviane Atwood haussa un sourcil.

– Ricardo. Le couple a pu se former grâce à l'intervention de Madame Maréchale de Saint-Jean.

– Comment avez-vous su ?

– Oh, le propriétaire a été très loquace en fin de soirée, quand son restaurant s'est vidé. Il a raconté leur rencontre, comment ils avaient découvert qu'elle travaillait pour le père de Giovanni, ils se sont liés, elle a défendu sa relation avec Ricardo, a renfloué les caisses. Classique.

– Classique ?

– Avec Madame Maréchale de Saint-Jean, c'est classique.

– Ils sont toujours menacés ?

– Non. Mais de temps en temps, il doit y avoir, sans doute, une piqûre de rappel. La soirée s'est terminée avec un trio, Arturo, Giovanni et Madame Maréchale de Saint-Jean. Ils ont éclusé le patrimoine italien avec vigueur et beaucoup de fausses notes.

– *Ah ben ça, on confirme ! Hein, Auguste ?*

– *Un blasphème pour les amoureux de l'opéra. Quand je pense qu'elle adore Offenbach et chante comme une théière !*

– *Ouais. Je dois reconnaître que la grande Gertrude chantait bien mieux que ça. Et crois-moi, elle en avait du coffre.*

– *Non, mais je vais rectifier cette abomination par des cours de chant.*

Il hésita, puis tendit une photo.

– Ce type-là suit Madame Maréchale de Saint-Jean.

Elle prit la photo et la regarda attentivement.

– Qui est-ce ?

– Un détective privé.

– Un quoi ?

– Un détective, comme moi.

– Qui le paie ?

– Aucune idée. J'attendais votre aval pour poursuivre mes investigations. Ce type ne me plaît pas. Ni à l'entourage de Madame Maréchale de Saint-Jean. Les soldats m'ont repéré et je leur ai dit qui j'étais et pourquoi j'étais là.

– Comment ont-ils réagi ?

– Ils m'ont secoué un peu, c'est tout. Je crois qu'ils ont repéré l'autre gars et qu'il les inquiète plus que moi.

– Avez-vous une idée de qui pourrait faire suivre Paule ?

– Un concurrent, mais j'y crois peu. En vingt ans, je n'ai croisé que des chasseurs de têtes.

– Vous pensez qu'on lui veut du mal ? s'inquiéta soudain Viviane Atwood. Les connaissances de Sardaigne ?

– Je ne pense pas. Ce n'est pas leur truc. Ils envoient leurs gros bras. Et puis, ils n'ont rien à voir avec elle : pas de contact, pas de transfert d'argent.

– Alors, cherchez. Si quelqu'un s'intéresse aussi à elle, il faut savoir si c'est en bien ou en mal.

– *Tu vois, on a raison de s'inquiéter. On devrait peut-être le dire à Paule.*

– *On va attendre.*

– *Mais ça a peut-être un rapport avec les coups de fil la nuit, sa voiture fracturée ?*

– *Peut-être. Mais faut qu'on soit sûrs d'abord.*

– *On suit l'autre alors ?*

– *On suit l'autre.*

– Prenez place. Avez-vous fait bon voyage ?

– Oui, je vous remercie.

– Vous êtes venue avec vos neveux, c'est cela ?

– Mes filleuls, oui : Éléonore et Edmond. Ils voulaient découvrir la région et faire du ski.

Viviane Atwood servit le thé.

– Je ne vais vous faire attendre. Je ne vous ai pas demandé de venir uniquement pour du marketing.

Elle se leva et prit une photo de famille.

– Mes enfants et petits-enfants.

– *Y'en a qui sont moches.*

– *Suzy !*

– *Ben si ! Celui à droite là, on dirait une barrique !*

– *Il me rappelle la belle Nora sur la fin.*

– *Mais oui ! Tu as raison ! Tu étais son chouchou en plus. Bon, elle était quand même vérolée, mais c'était une chic fille.*

– *Elle était pas vérolée !*

– Oh, ben mon gars, les cratères sur les joues ! Fallait être aveugle !

– Non, mais c'est pas la vérole ! C'est la scarlatine ! rit Simonetta.

– Ouais, ben, le résultat est le même.

– Pas vraiment.

– Chut. On va pas entendre.

– Mes grands-parents sont les fondateurs de notre fortune actuelle. Ma famille a toujours été riche, pas de façon très honnête au départ, elle s'est assagie par la suite. Le krach de 29 a ruiné tout le monde, nous y compris. Mais vraiment ruiné. Ma famille a sombré dans la pauvreté extrême et ne s'est relevée qu'à la force des bras. Quand j'étais enfant, ils nous racontaient cette époque, mais nous écoutions de loin. Comme une histoire impossible. Arrivés à l'âge adulte, mes parents nous ont réunis, mes frères et sœurs et moi. Être pauvre a été tellement horrible pour mes grands-parents qu'ils voulaient nous épargner cela.

Elle se tut, prise dans ses souvenirs.

- Aussi, nous ont-ils annoncé que la fortune familiale aurait une base inaliénable et que pour nous permettre de vivre comme bon nous semblait — mes frères aînés étant très coureurs, ils dépensaient beaucoup — ils nous donnaient un pécule — confortable de cinq millions — à nous de la faire fructifier. Mes frères ont hurlé que c'était injuste, etc. et mes grands-parents nous ont asséné une vérité : nous leur devions notre richesse. Quand nous serions capables d'en faire autant, ils s'engageaient à changer les règles. Chacun est alors parti de son côté. Mon frère Gary est devenu patron d'une filiale de Wahlmart™, mon frère Tony est entré chez Dysney™, mon frère James chez Exxon Mobil™, ma sœur chez Warner™ et moi chez Whirlpool™ dans la branche marketing. Notre nom nous a servi ainsi que le nom de l'université qui nous a formés. Ma fratrie mène grand train grâce à l'argent familial, la mort de mes grands-parents ayant autorisé mes parents à ouvrir les fonds pour la satisfaction de besoins futiles.

Elle s'arrêta et but une gorgée de thé.

– Il en est tout autrement pour moi. J'ai épousé Harry à vingt-quatre ans, nous avons eu nos enfants assez vite, tout en travaillant. J'ai refusé de rester à la maison et notre couple n'en a pas souffert. J'ai élevé mes enfants comme je le devais. En leur rappelant le passé familial.

Elle fit une pause.

– Je crois que ma grand-mère m'a transmis la peur de devenir pauvre. Parce que c'est vrai : j'ai peur de devenir pauvre. De devoir compter les dollars pour finir la fin de mois, de ne pas pouvoir m'acheter du futile et me contenter du nécessaire, de perdre mon logement. Cela devient une hantise. Encore plus quand je vois comment ma famille peut dépenser sans compter, en pensant que l'argent sera toujours là. Les Atwood, en 29, pensaient que la pauvreté, c'était les autres. La chute a été difficile. Je ne veux pas vivre ça. Vous savez que la Bourse est un jeu où l'on peut gagner beaucoup et perdre le triple. Je ne veux pas que les placements qui ont été faits partent en fumée. Je ne veux pas que mon patrimoine se dilue et fonde au soleil avant que mes petits-enfants en profitent ou parce qu'ils en profiteront de trop. J'ai besoin de confier mon bien à quelqu'un en qui je puisse avoir confiance. Une confiance aveugle.

Elle prit une inspiration.

– C'est pourquoi, à la suite de votre altercation avec Sébastian, j'ai demandé à mon détective privé de vous suivre. Oh, il n'est pas entré chez vous, pas de micro ou ce genre de choses. Je lui ai demandé de vous suivre pour connaître le milieu de vie qui était le vôtre et si la modestie et l'indifférence que vous affichiez par rapport à l'argent étaient vraies. Je tenais à vous le dire avant de vous confier le patrimoine géré par Hastings, Harvey et Hanson.

Paule était restée silencieuse. Elle ne s'attendait pas à ça. Ou pas vraiment.

– *C'est bien ou pas ?*

– *Ben, je pense que oui. Simonetta ?*

– *Oui, c'est une bonne chose.*

– Et donc ?

– Donc ?

– Votre détective. Vous a-t-il rassurée ?

– Oui. Je le suis entièrement.

– J'aurais pu le repérer et faire semblant.

Viviane Atwood sourit.

– Oui. Vous auriez pu. Mais pas vos amis. Pas votre oncle qui filmait avec une caméra super 8 alors que nous sommes à l'ère du numérique. Pas votre épicier qui vous a envoyé une boîte de six Kinder™ que vous avez dévorés avec Ernest et les enfants de vos amis au milieu de la galerie. Pas vos amies du Jura qui ont préparé le buffet. Acceptez-vous ma proposition ?

– Et si je n'étais plus à la hauteur ?

Vivian Atwood eut un rire cristallin.

– Vous pouvez douter, mais je sais ce que vous valez. Hanson vous a convaincue de rester. Il a du flair. Il est très doué dans le management. Il savait que j'allais vous prendre comme gestionnaire. Il vous garde, il me garde.

– Mais Frédéric ?

– Frédéric a pris le poste de Marcello qui avait pris le poste de Georges. Les gestionnaires changent de banque privée. Ils veulent évoluer. Avec vous, je sais que je n'aurai pas de mauvaises surprises. Vous gérerez mon argent pour qu'il perdure et qu'il soit utile. Je ne veux plus avoir peur, Paule, offrez-moi ce repos.

– D'accord.

– Vous dites oui ? Vous être sûre ?

– Certaine. J'ai eu un passage à vide parce que j'avais oublié certaines choses du passé. Je suis au clair avec moi-même.

Viviane Atwood se leva et lui tendit la main.

– Marché conclu.

– À moi d'être honnête, ajouta Paule en se rasseyant. Monsieur Hanson a mentionné l'idée de faire de moi son successeur. Paroles sans doute pour me garder, mais paroles prononcées.

– Il vous a… Madame Maréchale de Saint-Jean, je viens de faire le deal du siècle ! s'écria une Viviane Atwood enthousiaste. Pour fêter cela, je vous propose de visiter Nürnberg[5].

- *On vient aussi !*

---

[5] Nuremberg, ville de Bavière. Ville de Dürer.

Mai

– Vous pourriez le reconnaître ?

– Non, je ne pense pas. Il a surgi comme ça. C'est allé très vite. Peut-être le son de sa voix.

– Vous rentrez souvent tard ?

Paule regarda la femme qui lui faisait face.

– Ne vous méprenez pas sur le sens de ma question. Il faut qu'on détermine si c'est une action hasardeuse ou un acte calculé.

– Mais… enfin… Non, oui, je comprends. Je rentre tard quand je reviens de Suisse. Sinon, non.

– Toujours aux mêmes heures ?

– À peu près. Je passe chez un client et je rentre après. La circulation est différente à chaque fois.

– Vous ne prenez pas le train ?

– Rarement, je dois me déplacer dans le pays une fois que j'y suis.

L'inspectrice posa encore des questions, les mêmes depuis quinze jours puis mit fin à l'entretien.

– Merci. On va vous raccompagner chez vous.

Paule se leva et quitta le bureau.

– Alors vous en pensez quoi ? lui demanda le commissaire en entrant.

– Je ne sais pas. Ce n'est pas une banale agression. Julien nous a expliqué qu'elle subissait un harcèlement en règle depuis décembre.

– Elle n'a jamais porté plainte, pourtant.

– Ce n'est pas le genre de femme à se formaliser pour ça. Elle vit dans un univers particulier, dans un monde de chiffres, alors le harcèlement lui passe au-dessus de la tête. Son monde est sécurisé : le quartier avait repéré un gars louche et chacun était vigilant ; son immeuble est sécurisé ; son appartement aussi. La seule marge de manœuvre est quand elle rentre chez elle.

– Pas un crime crapuleux donc ?

– Non. Je mise pour quelque chose de programmé.

– Des possibilités avec son passé ?

– Aucune. Elle connaît bien les Maltese, mais ils sont rangés des voitures. Ce type agit depuis janvier. Si cela avait été impulsif, il n'aurait pas attendu si longtemps.

– Donc on a rien.

– Si. Son obsession à propos de Madame Maréchale de Saint-Jean. Et puis, il y a la mort de sa fille. J'ai relu le dossier : une voiture, pas de trace de freinage, aucune info sur le véhicule à part un chiffre et une lettre.

– Vous pensez que les deux affaires sont liées ?

– Je ne sais pas. C'était, il y a treize ans. À l'époque, elle menait une vie normale, simple conseillère dans une agence locale. Pas de gros dossiers.

– On n'avance pas.

– Non.

– Mais vous avez une intuition.

Lucille Javier regarda son chef.

– Le harcèlement vise à affaiblir, à faire peur. Avec elle, ça ne marche pas.

– Donc la manière forte.

– Donc la manière forte. Il sait qu'elle va rentrer tard. Il brise les ampoules des lampadaires. Une nuit d'encre. Il la voit arriver. La coince contre la porte, se colle à elle, agit comme s'il allait la violenter, ce qu'il pensait sans doute faire. Elle trouve la parade, s'enfuit en courant. Elle est plus rapide que lui. Fait le tour du pâté de maisons. A le réflexe de se cacher sous un camion de livraison. Le voit passer en camionnette, sort de sa cachette, court en sens inverse, a le temps de relever le numéro de plaque, par réflexe, et finit par atteindre son immeuble. Il se cogne à la porte close, la concierge alertée nous appelle, il a le temps de dire qu'il reviendra et que de toute façon sa mère fera l'affaire.

– Les parents sont prévenus ?

– Oui. Il a touché le point faible de Madame Maréchale de Saint-Jean.

– Il l'a tout de même amochée.

– Une belle estafilade dans le cou, oui.

– Elle tient le choc ?

– Elle est entourée. Ce qui l'inquiète est qu'on ne lui ait pas encore mis la main dessus.

– Avec une camionnette volée et aucune empreinte…

Elle soupira.

– Il me faudrait juste un petit indice. Juste un.

Norvège.

– Que s'est-il passé ?

La voix était métallique.

– Elle a été attaquée devant son immeuble. Elle va bien, ajouta-t-il précipitamment.

– Bien ? Elle a eu peur !

– On est sur une piste.

– Laquelle ?

– Un détective privé.

Il poursuivit.

– On a découvert que Viviane Atwood avait engagé un détective. On s'est rencontrés et il nous a dit avoir suivi un détective privé qui suivait Madame Maréchale de Saint-Jean. Il n'a pas réussi à savoir pour qui il travaillait.

– Quel lien avec Paule ?

– Le détective d'Atwood pense qu'il a engagé l'agresseur de Madame Maréchale de Saint-Jean.

– Dans quel but ?

– C'est là qu'on patauge, monsieur. Même la police n'arrive pas à comprendre.

– Tu as l'adresse de ce détective intouchable ?

– Oui, monsieur.

– Va là-bas. Fais-le parler. Emmène Sven avec toi. Soyez discrets.

– Bien, monsieur.

Il sortit soulagé, le patron lui faisait confiance, ce n'était pas le moment de déconner. Ceux qui s'y étaient aventurés avaient passé la soirée avec Sven l'équarrisseur. Ils ne s'en étaient jamais remis.

– Nous sommes navrés de vous déranger comme cela en pleine nuit, mais mon patron a des questions et il veut des réponses tout de suite. Vous savez comment sont les patrons : toujours à exiger, jamais contents.

Deux hommes lui faisaient face. Masqués, vêtus de noir. L'un de taille moyenne, trapu, l'autre proche de la taille d'une montagne qui aurait été érodée jusqu'à son centre.

– Paule Maréchale de Saint-Jean.

Il tressauta légèrement puis se reprit. « Alors, il sont venus pour elle. Vous pouvez courir, j'ai des appuis ».

– Elle a été attaquée par un homme et...

– Vous pourrez lui dire que je ne suis pas impressionné. Elle peut m'envoyer les gars de son quartier pour me faire peur, cela ne marche pas. Vous n'êtes que des amateurs.

Les deux hommes échangèrent un regard.

– Oh, je vois. Je pense qu'il y a maldonne. Vous devez nous confondre avec l'un des tatoueurs et un des mécanos. Erreur.

Il fit un signe rapide au colosse maigre. Ce dernier était détenteur d'une force que son adversaire ne pouvait mesurer au vu de son gabarit. Il attrapa le détective, bloqua tout mouvement et le conduisit jusqu'à sa chambre. Là, il l'allongea sur le ventre, mit son genou sur son dos et lui lia les mains aux pieds du lit. Puis fit de même avec les pieds. Ensuite, il sortit un couteau et découpa les vêtements. Quelques minutes plus tard, le détective se trouva sur le ventre nu comme un ver, à leur merci.

– La position est inconfortable et je vous prie de nous en excuser, mais comme vous ne semblez pas dans de bonnes dispositions pour répondre à nos questions, il nous faut vous convaincre de le faire. Mon ami aime bien commencer par les fesses. Savez-vous que c'est une partie de notre anatomie que nous négligeons trop souvent. On la croit insensible parce qu'elle est charnue, alors qu'en réalité...

Le colosse s'empara d'une trousse, l'ouvrit et prit une seringue. Très longue, la seringue.

– Savez-vous de quoi est composée une fesse ? Non ? Laissez-moi vous expliquer. La partie charnue est le grand fessier. C'est la partie que vous nous exposez. On trouve un peu plus haut le moyen fessier recouvert par le grand fessier. Lui se termine par un énorme tendon. On trouve aussi le piriforme, l'obturateur interne qui sont des muscles rotateurs et le carré fémoral. Ce qui est intéressant est la présence de nombreux tendons et du nerf sciatique. Et ce même nerf prend naissance dans la moelle épinière. C'est fascinant, n'est-ce pas ?

Le détective commençait à s'inquiéter.

– Mon ami aime les fesses parce que selon les personnes, les tendons sont plus ou moins longs, larges ; il faut les chercher.

Une immense douleur remonta de sa cuisse à ses épaules. Il cria, mais son cri fut étouffé par l'oreiller.

– Oui, c'est douloureux. C'est le but en fait. Et cela le sera de plus en plus tant que nous n'aurons pas de réponses à nos questions.

Sven l'équarrisseur poursuivit son forage : il enfonçait régulièrement une aiguille et triturait les tendons pour se rapprocher du nerf sciatique et surtout de la moelle épinière. Après quatre piqûres, les larmes vinrent au yeux. Cependant, il tint, sachant qu'ils ne touchaient que des organes non vitaux. Il avait juste oublié l'influence de la douleur, son irradiation dans tout le corps. Sven continuait et son acolyte attendait patiemment. Au bout d'une heure, il eut les premiers signes de faiblesses.

– Pour compléter, mon ami passe des fesses aux poumons. Ne me demandez pas pourquoi, c'est son trip.

Là, la douleur fut trop violente. Il vomit et faillit s'étouffer.

– Donc ? Vous vous sentez disposé à parler ?

Il acquiesça. Sven le détacha et le laissa découvrir les dégâts. Il pensait que la douleur s'arrêterait, mais non. C'était pire. Il se mit à suffoquer.

– Ne vous inquiétez pas, ce n'est pas mortel. Il faut que le corps s'habitue à ce nouvel élément. Donc ?

– Je vais tout vous dire, ahana-t-il.

– Voilà qui est raisonnable.

Il décrocha son téléphone.

– Monsieur ? Il est prêt à collaborer.

Le détective n'entendit pas la voix, mais comprit que sa vie dépendait de ses réponses. Il raconta qu'il avait été engager afin de trouver un moyen pour détruire psychologiquement Madame Maréchale de Saint-Jean. Il avait alors engagé un gars qui avait déjà travaillé pour lui. Pas de casier, une gueule qui se fond dans la foule, pervers insoupçonnable. Il donna les noms, les adresses et s'excusa de ce qu'il avait fait. Il pleurait presque. L'homme porta l'appareil à son oreille.

– Mon patron est content de vous. Il a décidé de vous laisser la vie sauve.

Il approcha son visage du détective.

– Mais si jamais, pour une raison ou pour une autre, tu reviens sur le tapis, il n'y aura pas de deuxième chance. Et crois-moi, tu vas te rappeler toute ta vie de notre passage. À chaque mouvement. Ta sciatique, elle est à vie. Aucun médicament pour la soigner. Rien. Une vie de souffrances pour des vies détruites. Désormais, c'est toi qui vivras dans la peur. Constamment. Œil pour œil. Oh, et si tu penses qu'un type du milieu pourrait faire son affaire à mon boss, sache que même le milieu le craint. Allez, mets ton pyjama, tu vas avoir froid.

Ils quittèrent un homme caché sous ses couvertures en position fœtale. Le lendemain soir, ils étaient devant le lieu de travail de l'agresseur de Paule. Patiemment, grignotant, ils attendirent qu'il rentre chez lui. Alors qu'il descendait de sa voiture pour ouvrir son portail, ils l'encadrèrent et l'embarquèrent sans user de la force. Faut dire qu'ils savaient être persuasifs. L'homme se retrouva en pleine forêt de Cîteaux.

– J'aime bien la forêt. C'est calme.

L'homme les toisa, sûr de lui.

– On a causé avec un ami à toi.

Il haussa les épaules.

– Je vois. Nous ne lui faisons pas peur, on dirait. Faut dire qu'est-ce qui pourrait bien effrayer un homme qui ne s'en prend qu'à des femmes ? Parce qu'apparemment, c'est ta spécialité. La spécialité de mon ami est l'équarrissage. C'est un peu salissant, mais il se débrouille bien.

L'homme eut un sourire ironique.

– Vous ne me faites pas peur. Vous êtes comme moi.

– D'une certaine façon. Sauf que nous, on ne s'en prend pas à des faibles. On reste dans notre catégorie. Toi, tu vaux rien. Bref, on n'est pas là pour causer. Paule Maréchale de Saint-Jean.

Il haussa un sourcil.

– Vous êtes là pour cette truie ?

Le coup lui explosa le nez. Et cela fit très mal. Très. Surtout quand on est habitué à donner les coups et non à les recevoir.

– Mauvaise réponse. Je reprends. Tu as agressé Madame Maréchale de Saint-Jean et cela déplaît fortement à mon patron.

– Ton patron, je l'emmerde.

– Mauvaise réponse. C'est bien de jouer au caïd, cela t'honore, mais là, tu aurais dû sentir à qui tu avais à faire.

– Moi, aussi, j'ai des potes dans le milieu, déclara-t-il par bravade.

– On sait. Mais moi, j'ai Sven l'équarrisseur.

Il blêmit.

– Vous bluffez. Sven l'équarrisseur, c'est un mythe, un gars qui bosse…

– Pour les pires. Oui. Tu vois, tu commences à comprendre. Mon boss, il a Madame Maréchale de Saint-Jean à la bonne. Il l'aime vraiment beaucoup.

– Écoutez, je ne savais pas, hein ? J'ai fait ce qu'on m'a dit. Pas plus. Faut voir avec celui qui a ordonné. Moi, j'ai rien à voir.

– C'est ce qu'ils ont dit à Nuremberg : j'ai seulement obéi aux ordres. Sauf que toi, tu aimes bien ces ordres-ci. Tu y prends plaisir. Sven aussi, tu me diras, mais lui, c'est pour la bonne cause. Nous aussi, nous obéissons aux ordres. C'est triste pour toi.

– Vous ne pouvez pas… la police saura, elle vous trouvera, elle…

– Oui, c'est vrai. Mais comment te dire… on a nourri les poissons depuis tellement longtemps qu'on devrait être en prison. Eh ben, non. Bon allez, assez discuté…

– Non, attendez ! Je vais tout vous dire ! Je peux aussi vous rendre service, je peux…

– Ah ben, si tu veux nous raconter, nous on veut bien. Peut-être que cela attendrira le patron.

Il appela ce dernier.

– Vas-y, raconte.

Et il raconta. Les premières agressions téléphoniques au milieu de la nuit, la voiture fracturée, la maison des Hays visitée, les traces de sperme qu'il y avait laissées, puis l'agression.

– Belle organisation. Tu as dû mettre du temps pour établir un tel schéma. Combien de victimes avant ?

Nu, attaché entre deux arbres, les aiguilles s'enfonçant dans la membrane pulmonaire, il avoua. Tout. Sven était indifférent, son acolyte écœuré et son patron en colère. L'agresseur de Paule termina sa vie en steak pour poissons. C'était dommage pour les pêcheurs amateurs. Cela dit, la Loire est profonde.

Juin

– Euh ?

– Entrez, inspecteur. N'ayez pas peur, il ne vous fera aucun mal. Enfin, je ne crois pas, ajouta Paule malicieuse.

– Il est...

– Imposant. Oui. Un cadeau de LaSouris et Manfred.

Lucille Javier lui sourit.

– Ils ont bien choisi. Votre concierge ne dit rien ?

– Non. Au contraire, il la rassure.

– Et votre chat ne dit rien, car vous avez bien un chat ?

– Émeraude se sert de Ingeborg comme d'un lit.

– Ingeborg ?

– Oui, c'est une femelle.

– *À mon avis, c'est le nom qui lui pose problème.*

– Ingeborg est un prénom norvégien du haut moyen-âge. Ça a donné Isambour en Mérovingien ou Ingeburge. C'est moins beau. Ça veut dire « protégé du Dieu Ing ». C'est le fils d'Odin et le dieu de la lumière et de la beauté. Je trouve que cela lui va bien. Je présume que vous n'êtes pas venue un samedi dans le Jura pour me parler de mon chien ?

– Effectivement.

Elle prit place sur le siège que lui offrait Paule. Le printemps était des plus doux en ce samedi matin, annonçant des chaleurs plus importantes pour l'après-midi. Lucille Javier apprécia le jardin fleuri, les cerisiers garnis, les pommiers et leurs premiers fruits. Le verger se mariait parfaitement avec les fleurs qui parsemaient le jardin de couleurs et de senteurs. Elle comprit l'attrait de Paule pour le Jura, elle comprit le coup psychologique que fut la découverte de l'intrusion dans son havre de paix. Son agresseur avait sali un petit paradis.

– Le procureur va classer l'affaire. On n'avance pas, nous n'avons aucun indice, pas d'empreintes, pas de traces de quoi que ce soit, rien.

– Et pour mes parents ?

– Je pense qu'ils ne risquent rien. Il aurait déjà tenté quelque chose. Il les aurait harcelés, serait entré chez eux. Or, il n'a rien fait.

– Peut-être attend-il que cela se calme ?

– Je ne pense pas. Nous avons établi son profil : il n'aime pas la lumière. Faire peur et savoir qu'on ne l'attrapera pas lui convient. S'il décide de revenir sur le devant de la scène, ce sera avec une autre victime. Qu'on ne connaîtra pas. Vos parents sont une cible trop facile, trop visible. Il lui faut l'ombre et de préférence une femme seule.

Ingeborg se mit aux pieds de sa maîtresse.

– En fait, je pense que votre agression ne relève pas du hasard.

– Je ne comprends pas qui pourrait me vouloir du mal. J'ai refait tous mes dossiers avec Julien, tous depuis mes débuts. Il n'y a rien. Aucun refus de crédit, aucune mise en demeure, rien.

– Un amoureux éconduit ?

Paule sourit.

– Quand j'ai épousé Bastien, j'ai épousé Bastien. Même si notre couple existait uniquement par la présence notre fille, aucun de nous n'est allé voir ailleurs. Il a refait sa vie après la mort de notre fille, pas avant. Même si Élise était déjà amoureuse de lui, je la vois mal payer pour qu'on me fasse du mal alors qu'elle a épousé Bastien.

– Qui continue de voir votre fille.

– Bastien ne peut pas effacer Noémie ! Pour personne ! Il a refusé un poste en Savoie, c'est vrai, mais de là à...

– En Suisse ?

– Quoi en Suisse ?

– Vous traitez de gros clients.

– De gros clients, faut pas exagérer. Je n'ai qu'une partie de leur patrimoine.

– Sans doute, mais cela peut attiser les jalousies.

– Non, mais oui, mais pas à ce point-là quand même. Si ?

– Madame Maréchale de Saint-Jean, on voit de tout et même ce qui est impensable. Si l'agression avait réussi que se serait-il passé ? Vous auriez pris un congé, peut-être même auriez-vous arrêté ou fait des erreurs en ne voulant pas arrêter. Qui aurait intérêt à obtenir ce résultat ?

- *Voilà ! Elle dit comme nous !*

Paule resta silencieuse.

– Écoutez, mes amis ont abordé cette possibilité. Mais, je vous assure que je ne vois pas…

– Que vous ne voyez pas, oui, je peux facilement le comprendre, mais c'est une possibilité.

– Non, mais…

– Je vais être obligée d'arrêter l'enquête faute d'éléments. En revanche, faites attention à vous. À la moindre alerte, vous le dites à Julien qu'on puisse intervenir et rouvrir l'enquête.

– Je…

- *Oui, oui, pas de souci, on le fera !*

Lucille allait prendre congé quand Paule lui proposa un panier de cerises. Rougissant, elle accepta. Le facteur arriva au moment où elle ouvrait la portière de sa voiture.

– Bonjour Paule ! Une lettre du docteur !

Le facteur était un patient d'Abe, et comme tout le monde, il avait suivi les amours du médecin. Paule appartenait désormais à sa vie et à celle du village. Un immense sourire éclaira son visage. Cette image accompagna Lucille jusqu'au commissariat.

– Bonjour Julien. Comment va l'heureux papa ?

– Moi, ça va. Clarisse, c'est plus difficile.

– Elle surmontera ça, tu verras. Laisse-lui le temps.

Georges-Marie était né à terme, mais non voyant. Une malformation génétique qui avait sauté une génération, le grand-père de Clarisse étant né aveugle. Depuis, la jeune maman n'entendait que sa culpabilité. Julien, conseillé par Paule, avait pris patience, puis avait contacté un spécialiste pour aider sa femme. En vain. Paule avait alors suggéré un voyage d'un mois pour discuter, se retrouver, un voyage dont Clarisse ne voulut pas, refusant de laisser son enfant. Doucement, Paule insista, trouva les bons mots obtenant l'accord de la jeune maman. Elle promit de garder son neveu et de bien s'en occuper. Du haut de ses quelques semaines, le bout de chou avait conquis tout le monde. Attentif au moindre bruit, il observait le monde à sa façon. Émeraude passait souvent près de lui, lui faisant découvrir le toucher. Sa grand-mère lui parlait à l'oreille. Il se remplissait des baisers donnés. Contrairement à ce que pensait sa maman, le bébé était heureux. Clarisse imaginait le pire : se déplacer, l'école, lire, trouver un emploi, la mise à l'écart. Jusqu'à ce que son papa lui rappelle qu'il avait été élevé par un homme aveugle titulaire d'un doctorat en psychologie.

Paule se préparait, donc, à recevoir non seulement Georges-Marie, mais aussi les enfants de Xavier. Ces derniers vivaient plutôt bien la séparation de leurs parents, ceux-ci agissant avec intelligence, ne se disputant jamais. Cécile venait préparer les enfants le matin, était là le mercredi après-midi. Elle avait même trouvé quelques heures en hypermarché. Elle se refusait encore à présenter son compagnon à ses enfants ce dont ils lui savaient gré. Xavier, lui, avait pris un trois-quarts temps et passait le reste dans la pâtisserie. Son patron était tellement satisfait qu'il envisageait de lui offrir un temps plein avec le food truck en bonus. La vie reprenait un cours normalisé. Si ce n'était les enfants qui auraient bien aimé avoir eux aussi un Mastiff tibétain à la maison. « Oui, mais non, Paule, c'est Paule et elle a des goûts qui ne vont pas à tout le monde. Adulte, il fait plus de quatre-vingts kilos, il n'y a qu'elle pour se faire obéir d'un géant pareil ». Du coup, Xavier céda pour des cochons d'Inde.

C'est dans ce contexte à la fois tendu — du fait de l'agression de Paule — et apaisé que le docteur Abraham Morgenstern reçut son autorisation pour aller soigner, sous la bannière de Médecin du Monde, les Rohingyas au Bangladesh. Bien évidemment, il refusa de partir arguant de la situation de Paule.

– Je ne vois pas le rapport ?

– Le rapport ? Et s'il revenait et que cela soit plus grave ? Hein ? Je fais quoi moi à l'autre bout du monde ?

D'où l'arrivée d'Ingeborg.

– Avec elle, y'a pas de souci. Le premier qui débarque, elle l'attaque aux couilles, avait lâché Honoré.

– *Lui au moins, il sait parler aux femmes.*

– *Cela ne me rassure pas plus, c'est un chiot.*

– *Qui va grandir et devenir un molosse !*

Simonetta était anxieuse. Paule avait vécu un épisode qui lui rappelait sa propre agression et celle de Suzanne. L'histoire ne devait pas se répéter. Les trois âmes avaient suivi Stephen Wasserdorf et au contraire de lui avaient pu suivre l'autre détective. Ils avaient alors rencontré Sven l'équarrisseur.

– *J'suis pas sûre qu'on doive le dire à Paule.*

– *De toute façon, on n'a pas le droit*, lui rappela Auguste.

– *Dans ce cas, on prend le gauche.*

– *Suzy, les règles sont les règles. On est là, on peut vivre avec elle, mais on ne peut pas intervenir dans les événements. Ils doivent avoir lieu.*

– *Conneries !*

– *Simonetta !*

– *Oui, conneries ! Elle a été agressée et...*

– Et elle a su se défendre parce que tonton Raymond lui avait montré comment faire ; parce que depuis décembre, LaSouris a décidé de lui apprendre la boxe.

– Ouais, lui, il a eu une bonne idée !

– Alors, ça oui.

– C'est bien que les deux gars aient repéré un gars louche, comme ça ils ont appris à Paule à bien réagir.

– Oui, nous pouvons officiellement remercier les squatteurs qui envisageaient de s'installer.

– C'est moche qu'ils aient pas pu, se moqua Suzy, parce que le jardin est magnifique.

– Ah, mais nos amis ont été tellement persuasifs.

– Ça, c'est bien vrai. La tronche qu'ils ont fait en ouvrant la porte et en tombant sur eux ! Surprise !

– Ça, ils sont pas près de revenir. En même temps, c'est mieux pour eux, parce que je pense que s'ils récidivaient, ils auraient droit à notre ami l'équarrisseur.

Abe était finalement parti. Plus ou moins rassuré malgré la présence du mastiff. Depuis trois semaines, il œuvrait dans un camp de réfugiés. C'était son quotidien qu'il racontait dans sa lettre. Paule ressentait sa joie, son enthousiasme, son sentiment d'être utile, de faire le bien, d'être là où il faut. Elle sentit sa frustration à être seul, loin d'elle. Il le lui écrivit avec des mots tendres et des mots coquins. Sa lettre était pleine d'amour pour elle et exhalait la force d'un homme enfin accompli.

- *Il revient quand ?*

– En octobre.

– *C'est dans longtemps.*

– Non. C'est après la venue des enfants, la récolte des fruits, les confitures à préparer.

– *Oh, punaise, les confiotes ! Faudra que je te donne la recette de Courgette.*

– Pour faire des prunes...

- *Mais non ! Ma copine Courgette ! Tu sais, celle qui dépucelait les filles !*

– Oui, bien sûr, pardon.

– *Parce que c'était la championne de la confiote.*

Un bip signala à Paule qu'on était à trois heures de l'ouverture de la Bourse de Tokyo. Elle se rendit à son bureau et alluma son ordinateur. Depuis son agression, elle avait eu du mal à revenir dormir aux Hays sachant qu'un intrus en avait entaché la pureté. Il lui fallut l'écoute et les conseils du docteur Vallin pour de nouveau voir la maison comme un lieu sûr. Les deux soldats avaient changé les serrures et blindé la porte. Incohérent en campagne, mais nécessaire pour qu'elle se sente en sécurité. Ils avaient aussi sécurisé les volets et fenêtres.

– J'ai l'impression de perdre le cachet de la maison.

– Madame Maréchale de Saint-Jean, il faut ce qu'il faut. On a fait en sorte que cela soit discret.

La literie avait été entièrement changée, Justin brûlant même le bois. Quant à Geneviève, elle purifia la maison avec des huiles essentielles qui envahirent même le grenier, obligeant Ermentrude à déménager temporairement. Paule avait repris possession des lieux, plus ou moins tranquillisée. La présence des trois morts lui donna la force de surmonter ses angoisses. Petit à petit, son quotidien imposa son rythme et créa une ambiance sereine.

Depuis décembre, Paule avait jeté une bouteille dans l'océan de la finance. L'observation de certaines données lui avait mis la puce à l'oreille et elle était en attente. Elle avait misé une somme pour elle-même, ses clients, sa famille, avait prévenu Irina, Gabrielle et Bertrand, lesquels depuis six mois se demandaient bien où voulait en venir Paule. Irina avait passé des heures au téléphone avec Gabrielle en essayant de comprendre pourquoi Paule leur avait dit d'acheter telles actions. Rien ne transparaissait dans les valeurs affichées jour après jour. C'était une énigme.

Une énigme qui se résolut par un appel à 4 heures du matin « Vendez ! ». Immédiatement, les trois amis, la tête un peu fatiguée mais en alerte depuis six mois, vendirent, puis se recouchèrent. Le lendemain, le verdict était sans appel. Paule avait réussi un coup de maître. Monsieur Hartwell, Günter Moritz, Viviane Atwood héritèrent de plusieurs nouveaux millions. Lord et Lady Ascot se contentèrent de deux millions. Irina put ajouter ses primes de trader. Bertrand se dit que son amie était un génie de la finance. Paule assura une avance pour ses parents en cas d'EHPAD, pour Ernest et son projet de vente en ligne et se fit plaisir en constatant qu'elle avait eu raison.

– *Ben, moi j'ai rien compris.*

– *Moi, non plus.*

– *Ça me rassure pas.*

– Tout est une question de chance.

– *Mais oui, bien sûr. Je suis pas sûr qu'on parle de chance quand on scrute tous les jours les chiffres. On vous a vu écrire des tas de colonnes de chiffres partout, tout le temps. C'est pas la chance, ça. C'est de l'analyse.*

Elle sourit à Auguste.

– En attendant, ça, Sébastian, il ne l'a pas vu venir.

Non, il ne l'avait pas vu venir. De même qu'il ne vit pas venir le contenu de la vidéo qu'il venait de recevoir. L'agresseur de Paule nu dans la forêt. Le message l'accompagnant fut très explicite : « Madame Maréchale de Saint-Jean est sous ma protection ». Sébastian eut peur l'espace d'un instant, puis se reprit. Fier comme un paon, il entra dans le bureau de Paule. Vide. Elle n'était pas encore arrivée. Il ne voyait pas pourquoi on lui donnait un bureau puisqu'elle n'était jamais là. Il n'avait pas apprécié que Hanson la nomme comme son successeur. Non. Cette femme n'était rien. Une femme avec un diplôme, mais aucune classe, aucune ambition. Elle récupérait des clients uniquement parce qu'ils avaient pitié de son passé de mère. En même temps, on ne laisse pas sa gosse rentrer seule. Elle avait ce qu'elle méritait. Mais cette... cette... avait réussi à embobiner un des directeurs. Peu importe, il lui damerait le pion. Templeton allait arriver. Il se mettrait sur son passage et lui ferait une proposition impossible à refuser.

– Je peux vous aider ?

– Hein ? Non. Je pensais que Paule était là.

– Madame Maréchale de Saint-Jean ne va pas tarder, répondit Hedda, la secrétaire de Paule insistant sur le Madame Maréchale de Saint-Jean.

En plus, ils lui ont donné une secrétaire. C'est sûr qu'elle ne va pas crouler sous le boulot. Elle est mignonne, y'a peut-être une ouverture.

– Monsieur Templeton, fit-il tout mielleux à l'adresse de Judd. Quel plaisir de vous voir !

– Bonjour.

Judd garda ses distances. Il ne pouvait le souffrir.

– Madame Maréchale de Saint-Jean n'étant pas encore là, si vous voulez passer dans mon bureau ?

– Non, merci. Je peux très bien l'attendre dans le sien.

– Ah, j'ai peut-être une proposition...

– Je concède que vous êtes compétent, mais Madame Maréchale de Saint-Jean me convient davantage.

– Je comprends. Si jamais vous changez d'avis.

– Je viendrai vers vous.

Finalement, c'est une coureuse ! Bon à savoir. Alors qu'il ouvrait la porte de sa voiture pour y prendre des dossiers oubliés, un corps anguleux se colla à lui, empêchant tout mouvement.

– Mon patron n'aime pas votre façon d'agir.

– Que...

– N'essayez pas de crier, cela va rendre mon ami nerveux.

Sébastian se dit qu'il avait à faire une agression crapuleuse ou à un client mécontent. Il se calma.

– Si votre patron n'est pas content de mes services, je peux lui trouver de nouvelles offres…

– On n'est pas là pour ça. On est là pour Madame Maréchale de Saint-Jean.

– Oh, merde ! Quoi encore ! C'est vous la photo ?

– C'est nous.

– Que voulez-vous que ça me fasse !

– On se disait que vous diriez ça, aussi on vous a amené le reste de la vidéo.

Un téléphone se glissa devant lui. Il vit. Il n'y avait pas le son. Pas besoin. Il eut un haut-le-cœur.

– Oui, hein, faut avoir le cœur accroché. Mon patron, il dit que ce que vous avez fait, c'est pas bien. Il a rien contre vous. Tant que vous laisserez Madame Maréchale de Saint-Jean tranquille, vous vivrez tranquille. En revanche, s'il devait arriver quelque chose à Madame Maréchale de Saint-Jean, là, cela deviendrait très problématique.

La pression contre son corps se relâcha. Quand il se retourna, les deux hommes étaient partis. Il se ressaisit et décrocha son téléphone. Il n'allait pas se laisser emmerder par un jules à la con. Non.

– C'est moi. J'ai un problème. Envoyez vos hommes…

– Racontez d'abord.

Il raconta. Deux hommes, un meurtre sanglant.

– Désolé, mais là, le poisson est trop gros.

– Quoi ? Mais ?!

– Personne ne s'attaque à lui. Personne.

– Comment savez-vous de qui il s'agit ? J'ai vos actifs, n'oubliez pas. Je maîtrise la Bourse…

On raccrocha. Sébastian eut un instant de doute. Je trouverai quelqu'un d'autre, ce n'est pas grave.

Paule, pendant ce temps, préparait un projet avec Judd Templeton.

– Madame Maréchale de Saint-Jean ?

– Oui, Hedda.

– On a livré ça pour vous.

– *Une boîte de Havane™ ?*

– *On dirait.*

– *Ben, elle fume pas.*

Paule mit le colis de côté.

– Je vous en prie, ouvrez-le. Ne vous gênez pas pour moi, fit gentiment Judd Templeton.

– *Ouais, le beau gosse, il voudrait savoir.*

– *Oui, nous aussi, ça tombe bien, donc Paule, ouvrez.*

– *Merde,* commenta Suzy en voyant le contenu. Simonetta éclata de rire.

– *Maintenant, on sait que c'est quelqu'un qui connait Paule.*

Elle tourna la boîte de cigares et montra le contenu. Judd eut un instant d'hébétude.

– Des Kinder™ ! Ne me dites pas que vous ne connaissez pas ?

– Euh...

– Ah, ben, là, si on ne connaît pas les Kinder™, on passe à côté de sa vie.

Elle lui en offrit un, qu'il défit sans conviction. Le chocolat était bon. Il ne put s'empêcher de sourire en voyant le visage mutin de Paule quand elle ouvrit sa surprise.

– Sans déconner, une licorne ! Et vous, c'est quoi ?

– Euh, je dirais, une toupie.

– Trop cool !

– Puis-je demander qui ?

« Voici, un acompte. Il est temps pour moi de payer ma dette. Forelsket ».

- *C'est qui Forelsket ?*

– Ce n'est personne. Ça veut seulement dire qu'on est heureux.

– *Ouais, encore un mystère.*

Épilogue.

- Hum, Paule, je crois que tu devrais aller voir ta voiture. Il y a un beau jeune homme qui semble l'admirer.

– C'est quoi ce délire ? Oh, le doc ! C'est le doc ! cria Suzy Suzette.

Le cœur de Paule bondit dans sa poitrine.

– Fallait bien qu'il arrive au moment opportun ! ronchonna faussement Auguste trop heureux de le revoir.

Abraham Morgenstern avait un air béat devant la 203. Ils avaient réussi. Les mécanos de la rue des Aubépines avaient réussi. La carcasse rouillée était devenue une voiture à la carrosserie luisante. Aussi rouge que pouvaient être blancs les cheveux de Paule. Il se retourna, elle était là. Le sourire aux lèvres. Enfin. Elle le découvrit amaigri, fatigué, les yeux cernés et tristes. Elle était là, chevelure indomptée, visage émacié, mais joues roses. Il s'approcha, glissa ses mains dans les cheveux épais. Il avait rêvé si souvent de ces retrouvailles. Pourtant, il n'était pas parti longtemps. Mais si loin. Si loin de toute humanité, dans un pays où les murmures parlaient de violences, de pauvreté, de la soumission des femmes, de fanatisme dans un paysage de conte de fées. L'ivresse de la nature cédait la place à la cruauté de l'homme. Il avait mal dormi, son estomac avait eu du mal à s'habituer. Comment se nourrir quand la majeure partie de la population soignée ne mangeait pas ou peu. Comment dormir quand les récits des femmes hantent les nuits se mêlant à sa peur pour Paule. Mais, il était là, de retour dans son Jura d'adoption. De retour dans les bras de cette femme tant aimée, tant désirée. Il l'étreignit avec douceur de peur que ce ne soit qu'un rêve. Mais non, elle était là.

– *Ce qu'ils sont beaux ! Hein, Sim ?*

Simonetta éprouva une folle tendresse pour ce couple qui lui rappelait celui qu'elle avait formé avec Hans Matthias. Attirés par les miaulements d'Émeraude, ils entrèrent dans la maison. Le poêle ronronnait diffusant une chaleur douce dans les pièces. De temps en temps, un craquement de bûche traversait le silence. Abe respira à pleins poumons.

– Tu as l'air fatigué. On va monter, tu vas te coucher et je te préparerai un bon repas.

Il lui sourit.

– Oncle Raymond m'a dit que tu dirais ça.

– Oncle Raymond t'a amené ?

– Oui. Il est venu me chercher en gare.

– *Qu'est-ce qu'il est bien ce tonton Raymond !*

– Tu as fini de t'installer à ce que je vois.

– Oui. Tu trouves comment ?

À son départ, les chambres de l'étage, la salle de bains et le dressing étaient faits, mais pas le vaisseau central. À sa gauche, des crapauds fatigués étaient pêle-mêle autour d'une table basse en verre. À sa droite, une table de monastère servait de bureau. Des documents divers étaient éparpillés tandis que les étagères se remplissaient de livres. Au sol, un tapis moelleux rouge pour trancher avec la couleur de la pierre. Dans le fond, à gauche, un tableau blanc et une console en chêne massif qui supportait le poids de... de multiples Kinder Surprise™.

– Ce n'est pas moi, c'est un cadeau et les enfants ont tout mangé !

Il se mit à rire.

– Bien sûr ! Nona, Morta et Decuma ? questionna-t-il lisant le tableau.

– Oui. Je me lance dans le récit de leur vie.

– Tu prends goût à l'écriture ?

– Suzy Suzette se vend bien et les retours sur le site sont bons. Edmond a créé un site « Armande Honorable, écrivain ». Du coup, les gens donnent leur avis sur le livre et je trouve cela encourageant.

– Les gens ?

– Madame Atwood n'a pas pu s'empêcher de faire un encart publicitaire dans son magazine et voilà.

– *Précisez que les lectrices sont allemandes et que vous vous êtes remis à l'allemand.*

Elle répéta. Il la prit dans ses bras.

– Je vous aime plus que tout maréchal des logis. Plus que je ne l'aurais pensé. Plus qu'il est possible de le dire. Alors, je vous le prouverai, chaque jour, chaque heure, chaque minute.

– *Ouais, ben, là, faudrait qu'il aille se coucher, parce que je le sens pas très en forme.*

– Suz... Tu devrais aller te coucher. Je suis heureuse de ton retour. Va te reposer, je m'occupe de tout.

Il l'embrassa et suivit son conseil. Il était épuisé et le savait.

- *Allez, Paolina, en cuisine ! On va lui montrer à quel point on l'aime.*

– *Alors là, ça sent les pâtes, la crème au chocolat et le soda.*

– *Absolument !*

- *Et après coq au vin, rôti de veau, escalope à la crème, purée maison, frites et enfin, choucroute.*

– *Choucroute ?*

– *Oui, ma chère. Tu sauras que chez les Maréchale, la saison de la choucroute est sacrée.*

– *Ah oui ? Ben, pour le doc, c'est pas trop conseillé. Il a la tête de celui qui a passé son temps aux toilettes.*

– *Exact. Il n'empêche qu'il aura droit à la choucroute.*

– *Moais. Je suis pas trop fan. Frida la moche adorait en faire, mais bon, je suis pas fan.*

– *C'est pourtant bon.*

– *Ouais, mais moi, ça me fait péter.*

Auguste eut un instant de vide.

– *Ami de la poésie...*

– *Ben, si, je suis désolée, mais le chou, ça fait péter.*

MERCI

Prochain roman : La légende de Samuel